따로 또 같이

고시원, 삽니다

따로 또 같이
고시원, 삽니다

경제적 자유를 위해
고시원을 운영하며 깨달은 것들

진담 지음

하나의 세계에는 저마다의 우주가 있다

전 대통령 연설비서관, 『대통령의 글쓰기』 작가 **강원국**

"잘 쓴다"

첫 번째 든 생각은 '잘 쓴다'였다. 첫 책이란 게 믿기지 않는다. 바쁜 직장생활만 10년 이상 해온 사람의 글이 이런 수준이라니. 작가의 첫째 덕목은 '관찰'이다. 주변을 세심하게 들여다보고 자신을 성찰해야 한다. 저자는 눈으로 볼 뿐만 아니라 마음으로 본다. 보이는 일상에서 보이는 않는 생활의 정수를 본다. 작가의 탄생이다. 나는 그 시작을 봤다는 것만으로도 기쁘다. 앞으로 이 사람의 글이 얼마나 창대할 것인지 가늠하기 어렵다.

"재미있다"

마치 소설처럼 흥미진진하다. 하나의 세계에는 저마다의 우주가 있다. 편의점, 서점, 백화점, 그 모든 세계에는 그만의 작동원리와 이야기가 있다. 그걸 들여다보는 재미가 쏠쏠하다. 싸움구경, 불구경 이상으로 꿀맛이다. 여기에 등장하는 고시원 입실자 한 사람 한 사람 모두는 우리의 이웃이고 우리 자신이다. 그들의 이야기에 우리의 희로애락이 녹아 있다. 그래서 더 공감이 가고 깨달음을 준다.

"유익하다"

고시원에는 어떤 사람들이 살고 있을까. 십인십색이다. 거기에는 우열이 있을 수 없고, 그렇게 살 수밖에 없는 이유와 사정이 있을 뿐이다. 모두가 존중과 배움의 대상이다. 내가 아는 세상은 내가 경험한 것에 국한될 수밖에 없다. 이 책은 내가 경험해보지 못한 사람의 일상을 통해 삶의 지혜를 일깨운다. 뿐만 아니라 나와 다르게 사는 사람을 이해하고 받아들이는 기회를 줌으로써 삶의 지평을 넓혀준다.

"독립 분투기"

누구나 인생의 결정적인 순간을 만난다. 하지만 그것이 자신의 삶을 다른 방향으로 바꾸는 계기가 되리라고 예상치 못한다. 대다수는 그 기회를 흘려보낸다. 작가는 그 순간을 포착했다. 그리고 실행에 옮겼다. 두 자녀를 둔 엄마로서 안정적인 직장에 의존하지 않고 홀로서기에 성공한 그녀의 이야기는 경제적 자유와 독립을 꿈꾸는 모든 이에게 드솟는 희망과 용기를 선사한다.

하루 2시간, 주 4시간만 일하고
1천만 원 벌 수 있다면

갓난쟁이 둘째 아이를 안고 젖을 물리던 10월의 어느 날이었다. 평소와 다름없이 집을 나섰던 네 살 아들의 어린이집에서 전화 한 통이 걸려왔다. 엄마의 직감이었을까? 전화벨이 울리자마자 소름 끼치게 불안했던 그날의 떨림을 아직도 잊을 수 없다.

"어머님… 아이가 오후 간식 시간에 갑자기 뒤로 쓰러졌어요. 몇 초간 정신을 잃은 것 같은데… 금방 다시 일어나긴 했거든요. 그런데 아무래도 심상치가 않아서……."

"네? 지금은 괜찮나요? 당장 데리러 가겠습니다."

터질 것 같은 심장을 부여잡고 어린이집으로 달려갔다. 너무 놀랐던 탓에 그때 어린이집까지 가는 길이 어땠는지, 내 옷차림은 어땠는지 도통 기억이 나질 않는다. 오직 기억나는 건 아무 일도 없었다는 표정으로 엄마를 맞이하던 첫째의 환한 웃음뿐이다. 그리고 그날부로 네 살 난 아들과 나는 몇 달 동안의 입원 생활을 시작했다.

큰아이가 병원에 있는 동안 태어난 지 100일도 채 되지 않은 둘째는 친정엄마와 남편의 손에서 엄마를 애타게 찾았다. 나 역시 아직 몸을 추스르지 못한 상태였지만 그런 건 전혀 중요하지 않았다. 큰아이는 하루에도 몇 번씩 의식을 잃고 쓰러지기를 반복했고, 나는 그때마다 얼굴이 하얗게 질려 의사와 간호사를 부르기에 바빴다. 모든 일이 비현실적으로 느껴졌다.

'나한테 왜 이런 일이 일어났을까? 왜 하필 우리 아이에게 이런 몹쓸 병이 찾아왔을까?'

병실 침대에 누워 있는 아이의 손을 잡고 인생에 대해, 행복에 대해 많은 생각을 했다. 그러나 아무리 긍정적으로 생각하려 해도 '왜 하필'이라는 단어가 나를 집어삼켰다. 왜 하필 나일까, 왜 하필이면 우리 가족일까, 왜 하필, 왜……. 하늘이 원망스럽고, 아이를 좀 더 눈여겨보지 않은 나 자신이 원망스러웠다.

그렇게 일주일 정도 지났을까? 문득 이런 생활이 금방 끝나지 않을 수도 있겠다는 생각이 들었다. 오소소 온몸에 소름이 돋았다. 어쩌면 지금까지 누렸던 삶의 여유를 앞으로는 누릴 수 없을지도 몰라. 남편과 나는 둘 다 누구나 이름만 들어도 알 만한 대기업에 다니고 있었다. 연봉도 남부럽지 않게 받고 있었다. 남들이 보기에도, 내가 생각하기에도 부족함 없는 삶이었다.

그러나 이는 나만의 착각이었다. 직장인 맞벌이 부부의 삶은 언제 무너질지 모르는 모래성이었다. 아이들을 위해 벌 수 있을 때 벌어야 한다는 명분으로 늘 양가 부모님께 육아 도움을 받았고, 아이와 함께하는 잠깐의 저녁 시간 외에는 대부분의 시간과 노동력을 직장에 쏟아부었다. 나는 주양육자인 엄마로서의 책무를 다하지 못한다는 죄책감에 늘 시달렸고, 남편 역시 조금이라도 일찍 퇴근하기 위해 직장에서 눈치를 보며 고군분투했다. 그러니까 현재 누리는 삶의 만족도는 '맞벌이'가 아니면 절대 충족될 수 없는 것이었다. 그리고 그 모래성 앞으로 지금 큰아이의 투병 생활이라는 큰 파도가 밀려오고 있었다.

초조와 불안으로 쉬이 잠들지 못하고 뒤척거리는 시간이 길어졌다. 아픈 아이를 엄마가 아닌 다른 사람의 손에 맡길 순 없어. 그렇다면 회사를 휴직하든 그만두든 해야겠지. 하지만 애가 둘인데 남편 혼자 벌어오는 것만으로는 생활이 어려울 거야. 그러면 아이에게 필요한 치료를 제때 못하게 될지도 몰라. 둘째는 무슨 죄야……. 이런 비극적인 생각이 꼬리에 꼬리를 물고 늘어져 도저히 잠을 이룰 수 없었다.

'그래, 기왕 이렇게 된 거 회사를 다니지 않아도 돈 벌 수 있는 방법을 찾아보자!'

평소보다도 더 잠이 오지 않는 밤이었다. 내 안에서 이상한 오기가 샘솟았다. 아무리 생각해봐도 남편과 나 둘 가운데 한 사람은 더 이상 회사생활을 지속하기 어려웠다. 그렇다면 지금이라도 정신을 차리고 회사 밖에서 돈 버는 방법을 찾아야 했다. 심장이 빠르게 뛰었다.

그런데 나는 평생을 회사에 다니며 정해진 일만 해본 탓에 따로 할 줄 아는 게 없었다. 남편도 마찬가지였다. 막막했다. 아, 우리는 회사 시스템 안에서 누군가 정해준 역할이 아니면 생계를 유지할 능력조차 없는 껍데기였구나. 다시 심장이 차갑게 식는 게 느껴졌다.

오랫동안 고민하던 나는 일단 블로그를 개설했다. 'SNS 시대에는 개인이 브랜드고, 부자들은 하나같이 유명하다'라는 인터넷에서 본 글이 떠올랐기 때문이었다. 그렇다면 나도 블로그를 만들어야지. 부자가 되고 싶으니까 주제는 '돈'이 좋겠다. 돈에 관한 정보를 올리면 사람들이 몰려들 테고, 그럼 광고를 붙여서 돈을 벌 수 있을 거야. 그렇게 개설한 경제 비즈니스 블로그는 곧 돈과 관련된 다양한 글과 캡처들로 채워졌다(블로그로 돈 버는 일이 하늘의 별 따기보다 어렵다는 사실은 한참 뒤에야 깨달았다).

그러던 어느 날, 우연히 고시원 관련 유튜브 영상이 눈에 들어왔다. '하루 2시간, 주 4시간만 일하고 고시원으로 1천만 원 벌기'라는 제목의 썸네일이었다. 내용은 가히 충격적이었다. 고시원은 가만히 앉아만 있어도 다달이 월세가 들어오는 황금알을 낳는 거위였다. 규모가 크면 클수록 버는 돈도 많았다. 물론 처음엔 말도 안 되는 허풍이라고 생각했다.

'에이, 설마. 저렇게 쉽게 돈 많이 버는 일을 왜 다른 사람에게 굳이 알려주겠어? 경쟁 상대만 늘어날 뿐이지.'

하지만 영상을 끄고 난 뒤에도 계속 고시원이 머릿속에 맴돌았다. 나는 다시 휴대전화를 집어 들고 고시원 창업에 관련된 글을 찾아보기 시작했다. 고시원과 스터디 카페 등을 통해 경제적 자유를 이루었다는 글은 이미 인터넷에 많이 올라와 있었다. 내가 아는 고시원은 드라마로 방영되었던 〈타인은 지옥이다〉가 전부였는데, 그 무시무시한 고시원으로 큰

돈을 버는 사람들이 있다는 사실이 놀라웠다.

의심은 점점 확신으로 바뀌었다. 새빨간 거짓말일 수도 있겠지만, 밑져야 본전인데 알아나 보자 싶은 마음이 들었다. 동시에 그동안 직장에서 살아남겠다고 아등바등했던 시간들이 주마등처럼 눈앞에 지나갔다. 억울했다. 그 길로 남편에게 전화를 걸어 고시원 창업에 관한 정보와 퇴사 이야기를 꺼냈다.

"여보, 아무래도 우리 둘 중 한 사람은 퇴사를 해야 할 것 같아. 첫째가 이렇게 계속 아프면 어떡해. 엄마 아빠가 옆에서 지켜줘야지. 내가 이것저것 알아봤는데 고시원을 운영하면 하루 2시간만 일하고 돈도 많이 벌 수 있대."

부재중인 엄마를 대신해 갓난쟁이 둘째 육아에 정신이 없던 남편은 다소 황당해하는 눈치였다.

"퇴사? 고시원……?"

남편은 한동안 말이 없었다. 직장생활의 한계와 먹고사는 문제, 아이의 건강과 교육, 부부의 노후 등등 오만가지 생각이 머릿속을 복잡하게 만드는 것 같았다. 어쩌면 아이가 아픈 탓에 내 머리가 어떻게 된 거 아닌지 오해를 했을 수도 있다. 그러나 직장인으로서의 우리 미래가 장밋빛이 아니라는 사실은 남편도 분명히 알고 있었다.

평생 대기업 직장인으로 살다 정년에 은퇴를 하고, 노년에는 시골에 전원주택을 지어 오순도순 사는 인생을 우리 부부는 종종 말하곤 했다. 튀는 것보다는 남들과 비슷하게 사는 게 행복한 거라고 입을 맞추기도 했다. 하지만 더 이상 우리 부부의 인생은 평범할 수 없었다. 큰아이가 정신을 잃는 순간부터 우리 부부에겐 완전히 다른 인생의 문이 열린 것이다.

병원에서 정밀 검사를 받던 날, 아이는 고사리 같은 손으로 내 손을 꽉 움켜쥔 채 연신 무섭다고 소리치며 울부짖었다. 그런 아이를 부둥켜안고 병실로 들어서면서 우리는 태어나 한 번도 마주친 적 없는 깊은 어둠을 보았다. 끝이 가늠되지 않는 어둠이었다. 하지만 아이러니하게도 그 어둠 속에서 새로운 인생에 도전해야겠다는 용기를 얻었다. 그렇게 평범한 직장인이었던 우리 부부는 고시원 원장과 부원장이 되었다.

어느 가수가 부른 노래 가사처럼 인생이란 정말 알 수 없는 것이었다.

제3장 **오늘 하루를 치열하게 사는 것만으로도**

제1장

황금알 낳는
고시원 삽니다

결국 돌고 돌아
고시원

아이와 병원에 있으면서 가장 뼈저리게 느낀 감정은 원망도 슬픔도 아니었다. 당황스럽게도 그것은 바로 '자유'를 향한 갈망이었다. 혼자 거리낌 없이 세상을 누비거나 마음껏 먹고 자는 그런 자유는 아니었다. 내가 가장 소중하게 생각하는 사람을 지키기 위해 언제든 시간과 공간을 선택할 수 있는 그런 자유, 내 삶의 방향을 결정할 수 있는 그런 자유였다.

시간과 공간의 주인이 되려면 무엇보다도 먹고사는 일에 지장이 없어야 했다. 즉 경제적 자유가 필요했다. 하지만 지금처럼 직장에 얽매여 있으면 먹고사는 일은 가능할지 몰라도 자유를 얻기란 불가능했다. 완전히 다른 결과를 원한다면,

완전히 다른 선택을 해야만 했다.

사업에 대해 아무것도 몰랐던 우리는 혹시나 고시원 말고
도 더 좋은 아이템이 있을까 싶어 필사적으로 창업 정보를
뒤지기 시작했다. 프랜차이즈 저가형 카페, 24시 무인 카페,
무인 아이스크림 가게, 무인 문방구, 에어비앤비, 파티룸 등
등. 그중에서도 무인 아이스크림 가게가 유독 눈에 들어왔다.

우리는 여러 루트를 통해 아이스크림 업계의 동향을 살펴
보고, 직접 창업 박람회에 가서 상담도 받아보며 꼼꼼히 시
장 조사를 했다. 알아볼수록 무인 아이스크림 가게는 매력적
이었고. 특히 초기 투자 비용이 상대적으로 적고, 상주 인력
이 필요 없는 까닭에 인건비 절감 측면에서 큰 장점이 있었
다. 게다가 아이스크림은 아이들을 행복하게 해주지 않는가.
아이스크림을 집어 드는 아이들의 행복한 미소를 떠올리며
나는 벌써 인정 많은 주인아주머니가 된 기분이었다. 그러나
내 막연한 상상과는 달리 무인 아이스크림 가게에는 몇 가지
치명적인 단점이 존재했다.

첫 번째 단점은 상품 특성상 계절에 따라 매출 변동 폭이
클 수 있다는 사실이었다. 이를 보완하기 위해 다양한 디저
트와 음료를 함께 판매하는 방법도 있었지만, 품목이 늘어날

수록 관리가 어려워져서 무인 가게임에도 결국 주인이 수시로 오가며 챙겨야 하는 불편함이 있었다.

두 번째 단점은 사회적으로도 많은 관심을 받고 있는 도난 문제였다. 사실 도난 문제 앞에서는 답이 없었다. 철없고 순수한 어린아이들이 순간의 욕심을 이기지 못하고 몇천 원짜리 아이스크림을 훔칠 때마다 곤욕을 치를 일을 생각하니 벌써부터 머리가 지끈거렸다.

세 번째 단점은 수익이 생각보다 크지 않다는 점이었다. 우리는 사업이 적어도 월 1천만 원 이상의 수입을 거둬서 경제적 자유로 나아갈 디딤돌이 되길 바랐다. 그런데 무인 아이스크림 가게로 월 1천만 원 수입을 내려면 동시다발적으로 여러 점포를 운영해야 했다. 사실상 직장생활이나 다름없이 바삐 움직여야 하는 것이다. 결국 다른 업종을 찾아보기로 했다.

다음으로 검토한 사업은 무인 문방구였다. 사실 남편과 나는 아이들을 꽤 좋아하는 편이다. 그런 까닭에 아이들에게 기쁨을 주는 사업이라면 돈과 보람을 동시에 얻을 수 있지 않을까 기대가 컸다. 무인 아이스크림 가게에 관심을 가졌던 것도 그런 이유였다.

무인 문방구는 주로 학교나 학원가 근처에서 높은 수요를 보였다. 우리는 무인 문방구를 돌아다니며 아이들이 주로 어떤 물건을 사는지, 적당한 가격대는 어느 정도인지 등을 파악했다. 그러나 문방구 역시 아이스크림 가게와 크게 다르지 않았다. 도난 문제가 생각보다 심각했고, 다양한 품목의 재고를 관리하고 보충하는 일도 보기보다 번거로웠다.

다음으로 관심을 돌린 분야는 숙박업이었다. 여기저기 창업 관련 정보를 구하러 다니던 중 다수의 숙소와 파티룸을 운영하는 어느 워킹맘의 창업 강의를 들은 적이 있었다. 그분은 직장생활과 숙박업소 운영을 동시에 하며 세 아이의 육아까지 도맡아 하는 말 그대로 슈퍼맘이었다. 세 가지 일을 병행하면서 공간 임대로 월 1천만 원에 가까운 소득을 올리고 있다는 그녀의 이야기는 유튜브에서 홀린 듯 보았던 고시원 창업 이야기만큼이나 매력적으로 다가왔다. 애 셋을 키우는 워킹맘도 하는데 우리라고 못할쏘냐, 용기가 샘솟았다.

주말마다 다양한 숙박업체와 파티룸을 방문해보고, 실제 운영 경험이 있는 분들과 대화를 나누며 현실적인 조언을 얻었다. 그러나 걷는 사람 위에 뛰는 사람 있고, 뛰는 사람 위에 나는 사람 있다는 말은 틀린 게 아니었다. 우리가 고려한 지역의 규제와 경쟁 상황을 분석해보니, 벌써 돈 냄새를 맡은 사업가들이 좋은 자리를 모두 선점하고 있었다. 우리 같은 풋내기는 끼어들 틈이 아예 없었다.

마음이 점점 급해졌다. 애초에 나란 사람은 직장이 아닌 다른 곳에서 돈을 벌 수 있는 능력을 갖추지 못한 게 아닐까 하는 자괴감이 들었다. 평생 다른 사람이 시키는 일을 하며 살아야 하는 운명인가 싶었다. 그런데 동시에 오기가 생겼다. 누구도 처음부터 잘하는 사람은 없어. 어떤 아이템으로 창업하든 맨땅에 헤딩하는 건 똑같아. 망하면 어때. 그 돈 없다고 내 인생 끝나는 것도 아닌데. 힘들면 힘든 대로 버텨보자. 두 배, 세 배로 공부하고 노력하면 분명 빛 들어올 날이 있겠지. 남편과 나는 서로의 불안을 다독이며 더 많은 정보를 검색하고 분석했다.

그리고 얼마 뒤, 우리 부부를 본격적인 사업의 길로 떠민 사건이 발생했다. 상상조차 못 했던 일이어서 마치 운명의 장난처럼 느껴지기까지 했다. 남편이 다니던 회사가 일정 사업 부문을 정리하면서 희망퇴직을 받기로 한 것이다. 왜 하필 큰아이가 아프고, 퇴사를 고민하고, 창업을 알아보던 이 순간에 이런 선택지가 주어졌을까? 하늘에서 뜻하는 바가 있는 것 같았다.

물론 남편은 아직 퇴사하기엔 이른 나이였다. 실제로 남편의 입사 동기들은 대부분 회사에 남았다. 회사에서도 남편의 희망퇴직에 대해 회의적인 태도를 보였다. 그럼에도 우리는 희망퇴직이라는 카드를 쓰기로 했다. 회사에 이메일로 희망퇴직서를 발송하던 그날 밤, 남편은 비장한 눈빛으로 나를 보며 마지막 동의를 구했다.

"보내기 버튼 누른다. 후회 없지?"

"그래, 당연하지. 이건 하늘의 계시야."

깔딱, 마우스 클릭음이 들렸다. 메일이 정상적으로 발송되었다는 메시지가 모니터에 떴다. 나는 머릿속으로 유튜브에서 보았던 문구를 다시 떠올렸다.

'하루 2시간, 주 4시간 일하고 고시원으로 1천만 원 벌기'

결국 돌고 돌아 고시원이었다. 그런데 내가 고시원을 단한 번이라도 들어가 본 적이 있던가?

고시원 사업에
끌릴 수밖에 없는
여섯 가지 이유

내게 고시원은 '고시원'이라는 단어 그 이상도 그 이하도 아니었다. 당장 큰돈을 구하기 어려운 사람들이 잠깐 머무는 곳. 적은 비용으로 잠과 끼니를 해결할 수 있는 곳. 웹툰이나 드라마에서 가난과 공포의 소재로 소비되는 곳……. 나도 남편도 고시원에 살아본 적이 없기에 대중매체에 비친 고시원이 우리가 아는 고시원의 전부였다. 그런데도 고시원을 운영하겠다고? 선무당이 사람 잡는다는 말은 바로 이런 데서 나온 게 아닐까.

하지만 공부하면 할수록 고시원 사업을 선택해야 할 이유는 분명해졌다. 다음은 내가 생각한 고시원 사업의 여섯 가지 장점이다.

첫째, 특별한 기술이 필요하지 않다.

남편과 나는 줄곧 직장생활만 해왔기에 내세울 만한 특별한 재주가 없었다. 자잘한 손재주가 좋은 것도 아니었고, 체력이 좋은 것도 아니었다. 그래서 사실 창업은 엄두도 못 낼일이었다. 하지만 고시원은 특별한 기술이 필요 없었다(각종 진상을 상대하는 멘탈 관리 기술과 시설관리업자 버금가는 잔기술이 필요하다는 사실을 이때는 미처 알지 못했다). 유튜브에서도 초기에 인테리어만 좀 해두면 따로 손댈 일이 없다고 했다. 과거에는 주로 은퇴를 앞둔 어르신들이 짬을 내어 운영했다는데, 기운 팔팔한 젊은 우리가 못할 이유는 없어 보였다.

둘째, 의식주 가운데 주住와 관련된 필수 업종이다.

사람이 먹고사는 일과 가장 밀접한 업종이기에 그만큼 수요가 꾸준하고 망하기 어려운 사업이라고 생각했다. 특히 1인 가구는 계속해서 증가하는 추세였고, 일자리가 모여 있는 서울은 늘 주택이 부족하고 비쌌다. 따라서 저렴한 가격에 장단기로 거주할 수 있는 고시원은 오히려 불황이 와도 살아남을 수 있는 아이템이라는 판단이었다.

셋째, 타 사업에 비해 진입 장벽이 높다.

고시원을 생각하면 자연스레 따라오는 왠지 모를 불쾌하고 음산한 이미지들이 고시원 사업의 진입 장벽을 높이고 있었다. 나 역시 〈타인은 지옥이다〉라는 드라마를 재밌게 봤는데, 그 안에서 묘사된 고시원의 이미지가 사람들의 머릿속에 꽤 강렬하게 각인된 것 같았다. 그 때문에 오히려 고시원 사업을 망설이는 경우가 주변에 많았다.

또한 고시원을 새로 시작하는 데는 큰돈이 필요했다. 신설 조건도 까다로워서 공급이 폭발적으로 늘어날 수 없는 구조였다. 즉, 물리적·심리적 진입 장벽이 동시에 존재했다. 경쟁자들이 쉽게 들어올 수 없는 시장은 일단 자리만 잡으면 장기적으로 수익을 낼 가능성이 컸다.

넷째, 엑시트exit**가 수월하다.**

고시원 사업의 가장 큰 단점은 바로 높은 창업 비용이다. 몇천만 원 수준도 아니고 억 단위의 돈이 필요하다. 당장 손에 현금을 쥐고 있지 않으면 엄두조차 낼 수 없는 것이다. 남편의 희망퇴직은 어쩌면 우리에게 선택이 아닌 필수였다는 생각이 이때 들었다. 그나마 다행인 점은 고시원은 한정된 공급과 꾸준한 수요층으로 비교적 높은 권리금이 형성되어 있다는 사실이었다. 물론 공실이 많고 매출이 저조하면 권리금도 낮아지지만, 비교적 다른 업종에 비해 권리금이 보전되거나 상승할 가능성이 큰 편이었다. 반대로 치킨집이나 카페를 창업할 경우, 장사가 잘되지 않으면 권리금은 고사하고 폐업 비용이 더 나오는 경우도 있었다.

다섯째, 현금 순환이 원활하다.

매달 월세 형식으로 따박따박 돈이 들어오는 구조라 현금 순환도 원활해 보였다. 먼저 사업을 시작한 사람들 중에는 필요할 때 현금이 없어 빚을 내거나 여기저기 손을 벌리는 경우가 많았다. 아무리 일을 잘해도 거래처에서 돈을 제때 주지 않으면 사업을 유지하기가 어렵다. 그런 점에서 다달이 현금으로 돈이 들어오는 고시원은 매우 안정적인 수익 모델을 가지고 있었다. 물론 '공실'이라는 큰 리스크가 있지만, 열심히 관리하고 홍보하면 충분히 커버할 수 있다는 자신감이 있었다.

여섯째, 많은 시간을 확보할 수 있다.

우리가 사업을 통해 이루려는 목표는 '최소한의 시간을 투입해 안정적인 현금 흐름을 만든다!'였다. 처음부터 아픈 아이를 위해 더 많은 시간을 할애하고자 했던 일이기 때문에 넉넉한 시간과 이를 상회하는 수입은 결코 포기할 수 없는 조건이었다. 물론 모든 사업의 목표가 다 똑같겠지만.

직장에 다니면 최소한의 시간만 근무한다고 가정해도 1일 8시간, 주 40시간을 매여 있어야 한다. 한 달을 4주로 잡으면 월 160시간을 근무하는 꼴이다. 일이 적으나 많으나 무조건 회사에 있어야 하고, 일이 바쁠 땐 야근을 하는 경우도 허다하다. 만약 유튜브에서 말하는 것처럼 주 4시간만 일하고 월급에 버금가는 수입을 올릴 수 있다면 어떨까? 회사에서 쓰는 시간과 고시원에서 쓰는 시간은 160시간 대 16시간, 즉 10배 차이다. 고시원 사업을 계획한 대로 성공하기만 하면 월 144시간을 확보함과 동시에 동일한 수준의 현금 흐름을 만드는 것도 가능해 보였다. 물론 회사라는 안전한 울타리와 직장인이라는 보기 좋은 명함을 반납해야겠지만 말이다.

물론 모든 사업에는 위험성이 존재한다. 고시원 사업에도 장밋빛 미래만 존재하는 것은 아니었다. 잘못된 계약이나 건물주와의 분쟁으로 권리금은 고사하고 한 푼도 못 건지고 쫓겨나는 경우도 드물게 있었다. 화재 같은 대형 사고가 끔찍한 인명 피해로 이어지기도 했다. 사실 고시원 창업을 준비하면서 이 부분이 가장 두려웠다. 그럼에도 시간과 공간의 자유, 언제든 내 인생의 방향을 선택할 수 있는 자유를 포기할 순 없었다.

고시원 사업을 한창 알아볼 때 사람들이 내게 말했다. 아이가 아픈 상황이라면 회사를 그만둘 게 아니라 오히려 더 악착같이 다녀서 병원비를 마련하는 게 낫지 않겠느냐고. 틀린 말은 아니었다. 하지만 오랫동안 직장생활을 해본 사람은 알 것이다. 회사는 결코 내 인생을 끝까지 책임져주지 않는다! 지금이야 한창 효율적으로 일할 나이이다 보니 회사에서 아쉬운 소리를 하지만, 지금 이 순간에도 나를 대체할 고급 인력은 대학에서 쏟아져 나오고 있다.

나는 보다 장기적인 관점에서, 시간과 노동력을 갖다 바치지 않아도 경제적 여유를 가져다주는 시스템을 갖고 싶었다. 우리 가족의 행복은 바로 그 시스템에서 나올 거라는 생각은 사업을 준비하면서 점점 확고해졌다. 지금껏 무한한 시간을 가진 사람처럼 살았다면, 이제는 오늘이 마지막인 사람처럼 살 차례였다.

제가 5천만 원
할인해드릴게요

8월의 어느 화창한 날이었다. 기온이 꽤 높았지만, 구름 한 점 없는 파란 하늘을 구경할 수 있어서 기분이 좋았다. 남편과 나는 신발 끈을 동여매고 밖으로 나섰다. 고시원 임장을 가기로 한 날이었다.

고시원은 어떻게 생긴 곳일까? 텔레비전 드라마에 나온 것처럼 정말 비좁고 열악한 환경에 햇빛도 들지 않는 그런 곳일까? 무서운 사람들이 갑자기 튀어나와서 해코지하진 않겠지? 에이, 설마 그래도 사람 사는 곳인데… 진짜 드라마에 나온 것처럼 범죄가 일어나면 사람들이 찾겠어? 아니, 아니, 모르는 거야. 사람이 원래 더 무서워. 그래도 기왕 마음먹은 거 제대로 살펴보자. 하루 2시간, 주 4시간만 일하고 고시원으로 1천만 원 벌기! 할 수 있다!

처음의 불안은 금방이라도 부자가 될 수 있다는 생각에 금세 사라졌다. 발걸음이 가벼웠다. 물론 이때는 몰랐다. 그 뒤로도 무려 3개월이나 고시원을 보러 다니게 될 줄이야.

우선 고시원 전문 중개사를 찾는 게 급선무였다. 평소 블로거 활동을 하고 있었기에, 그래도 블로그 포스팅을 열심히 하는 중개사가 조금 낫지 않을까 싶어 가장 양질의 포스팅을 올린 중개사에게 전화를 걸어보기로 했다. 참고로 고시원은 일반 부동산에서 거래가 되지 않는다. 고시원 창업의 시작은 믿을 만한 고시원 전문 중개인을 찾는 일에서부터 시작된다.

"안녕하세요. 고시원 매물 포스팅 올리신 것 보고 연락드렸어요."

"아, 네… 안녕하세요. 원하는 금액대가 어떻게 되나요?"

중개사는 하루 이틀 걸려오는 전화가 아니라는 듯 약간 귀찮은 목소리로, 하지만 매우 단도직입적으로 물었다. 나는 잠시 망설이다가 살짝 자신 없는 목소리로 답했다.

"1억에서… 1억 5천이요. 시간 되시면 오늘 바로 보고 싶은데 가능할까요?"

"뭐, 네, 그 정도면 충분해요. 마침 딱 맞는 물건이 있는데 종로에서 11시에 뵐까요?"

그렇게 고시원 중개사와의 만남이 성사되었다. 대망의 첫 번째 임장이었다. 중개사는 술집이 즐비한, 서울 번화가 한복판에 위치한 어느 고시원으로 우리를 안내했다. 이미 출근 시간이 훌쩍 지나있었음에도 지난밤의 숙취가 아직 해소되지 않은 듯, 어딘지 모르게 걸음걸이가 엉성한 사람들이 꽤 보였다.

'이런 데에 고시원이 있다고?'

나는 눈을 동그랗게 뜬 채 여기저기 두리번거렸다. 그런 나를 보며 중개사가 내 속마음을 읽었다는 듯이 한마디 던졌다.

"고시원은 처음이시죠?"

"아, 네……."

"이쪽으로 올라가시면 되고요. 일단 한번 보세요. 원장님이 오래 운영하셨는데 지방으로 내려가셔야 해서 급하게 내놓으셨어요."

100이면 100, 기존 원장님들은 신기하게도 급히 팔 수밖에 없는 아주 급한 개인 사정이 있었다. 건강 문제, 자금 문제, 자녀 교육 문제 등 이유도 다양했다. 중개사를 따라 입구로 들어섰다. 남편과 내가 나란히 설 수 없을 정도로 좁고 가

파른 계단이었다. 계단을 따라 나란히 올라가는데, 정돈되지 않은 몰골로 담배 한 개비를 물고 다른 한 손에는 믹스커피를 든 남성이 위에서 내려왔다. 그는 매우 피곤한 표정을 지으며 우리가 올라갈 때까지 잠시 옆으로 비켜섰다. 나는 그 옆을 지나며 남성 입실자와 눈이 딱 마주치고 말았다. 단연코 그것은 경계의 눈빛이었다. 순간 나는 얼어붙고 말았다. 뒤에서 올라오던 남편이 살짝 밀지 않았다면 한참을 그렇게 서 있었을 것이다.

두 개 층으로 운영되는 고시원에는 층마다 15개에서 20개의 방이 빽빽하게 들어서 있었다. 아무리 머리를 굴려봐도 '닭장 같다'라는 말이 아니면 달리 표현할 방법이 없었다. 정말 딱 그랬다. 샤워는커녕 발도 씻기 어려워 보이는 비좁은 공용 샤워실과 볼일 보다가 공황장애 올 것 같은 공용 화장실이 층마다 한두 개씩 있었다. 찐득하게 눌어붙은 공용 주방의 기름때 때문에 안 그래도 더운 날씨가 더욱 끈적하게 느껴졌다. 걸레받이가 없는 싱크대 밑에서는 금방이라도 쥐가 나올 것 같아 무서운 생각이 들었다. 게다가 조명은 또 왜 이렇게 어두침침한지, 빨간 불만 켜 놓으면 당장이라도 스릴러 영화 한 편 정도는 거뜬히 찍을 수 있을 것 같았다. 나는 미간을 한껏 찌푸린 채 속으로 읊조렸다.

'맙소사! 나 지금 번지수 제대로 짚은 것 맞아? 도대체 이런 곳에서 누가, 왜 사는 거지? 이게 장사가 된다고? 돈이 된다고?'

중개사는 내 마음을 아는지 모르는지 태연하게 웃으며 방으로 우리를 안내했다. 2평 남짓 되는 공간에 침대, 책상, 의자, 옷장이 단출하게 놓인 미니룸이었다. 참고로 미니룸은 화장실과 샤워실이 없고 방만 덩그러니 있는 형태의 방을 말한다. 방 청소는 나름 잘되어 있었는데 사실 청소를 할 만한 공간이 딱히 없어 보였다. 나는 어색한 미소를 지으며 양팔을 벌려 보았다. 양 손가락 끝이 닿을 듯 말 듯 닿지 않았다. 나는 서둘러 손을 내렸다. 이렇게 비좁은 공간에서 한껏 양팔을 벌리고 있는 내 모습이, 마치 누군가의 고단한 인생을 대가로 돈을 버는 나쁜 사람처럼 보일 것 같아 씁쓸함이 밀려왔다. 경제적 자유는 반드시 다른 사람의 희생을 필요로 해야 하는 것일까. 머릿속이 복잡했다.

중개사는 차 한잔하고 다음 장소로 이동하자고 했다. 미니룸에서 서둘러 벗어나고 싶은 마음에 고개를 끄덕였다. 근처 스타벅스는 아침부터 활기가 넘쳤다. 모닝커피를 마시는 직장인들, 업무 미팅을 하는 사람들, 공부하는 카공족들로 붐볐다. 방금 들렀던 고시원과는 너무도 대조되는 풍경에 나도 모르게 그만 현기증이 났다. 과연 우리는 같은 시간, 같은 세상을 살아가는 사람들이 맞는 걸까.

그 미니룸은 한 달에 40만 원이라고 했다. 보증금도 없고 추가 공과금도 없단다. 김치도 주고 쌀도 주고 라면도 주고 커피도 준단다. 참인지 거짓인지 모르겠지만 한두 개 공실을 제외하곤 성황리에 영업 중이라고 했다. 권리금과 임대 보증금을 합쳐서 1억 6천만 원짜리 매물인데, 운영할 경우 이것 저것 제하고 나면 우리가 손에 쥘 수 있는 돈은 약 400~500만 원 정도라는 설명도 곁들였다. 유리잔 바깥에 맺혀 있던 물방울이 바닥으로 미끄러지며 스타벅스 로고를 가로질렀다. 고시원에서 무료로 제공하는 믹스커피를 들고 나가던 남성 입실자의 얼굴이 떠올랐다. 아! 자본주의란 정말 냉혹하구나.

"요즘 유튜브 때문에 난리예요. 물건이 없어서 못 팔아요. 젊은 사람들 문의가 엄청나게 오고 있거든요. 예전에는 알음알음 아는 사람들끼리 거래하고 그랬는데 말이죠. 어제도 두 건이나 계약하고 왔다니까요? 근데 다 20, 30대 원장님들이에요. 물건 있을 때 빨리빨리 잡으세요. 요즘 고시원 시장이 심상치가 않습니다."

중개사 말은 대체로 사실이었다. 내가 임장을 시작할 때쯤 고시원 사업에 대한 관심이 폭발했고, 유튜브 여기저기에서 고시원 사업 성공 사례를 홍보하고 있었다. 나 같은 사람도 유튜브를 보고 달려들었으니 뭐, 더 설명할 필요가 있을까. 내 눈에 보기 좋은 떡은 다른 사람 눈에도 보기 좋은 모양이었다.

두 번째로 보여준 매물은 30분 정도 떨어진 곳에 있는 대학가 근처의 2억 원짜리 혼합룸이었다. 혼합룸은 미니룸과 원룸형이 섞여 있는 고시원을 말한다. 원룸형에는 화장실 겸 욕실이 딸려 있다. 중개사는 지금 보는 매물은 인테리어 공사를 새로 한 상태라, 우리처럼 젊고 센스 있는 주인을 만나면 분위기가 완전히 달라질 수 있다며 입에 침이 마르도록 칭찬했다. 처음 보았던 매물을 소개할 때와는 사뭇 다른 분위기였다. 어쨌든 두 번째 매물은 중개사의 말처럼 상태가 조금 나아 보이긴 했다.

"그런데 이 매물은 왜 공사까지 해놓고 운영을 안 하시는 거예요? 무슨 사연이라도 있나요?"

"지방에 계신 주부님이 유튜브 보고 혹해서 덜컥 인수하셨는데 도저히 운영 못 하겠다고 하시더라구요. 동업자랑도 약간의 문제가 있는 것 같고요. 남편 몰래 한 거라 이래저래 스트레스가 심하신가 봐요."

나도 유튜브 보고 혹해서 온 아줌마인데……. 내 얘기를 하는 것 같아 조금 뜨끔했다.

"그렇군요. 처음 본 매물보다 좋아 보이긴 하는데 공실이 너무 많네요. 공실 생각하면 가격도 좀 비싼 거 같고요."

잘 알지도 못하면서 괜스레 않는 소리를 했다. 물론 이마저도 유튜브에서 보고 배운 팁이었다. 중개사는 씨익 웃으며 다 안다는 표정으로 나를 쳐다보았다. 그날의 임장은 그렇게 끝났다. 다음 날, 중개사는 메시지를 보내왔다.

"그 물건 생각해보셨어요? 매도자분이 지방에 계시고 공사비만 날려서 상황이 좀 급하세요. 사모님이 하신다고 하면 네고 잘 해드릴게요. 얼마까지 낮추면 계약하실 거예요?"

"얼마까지 가능하신데요?"

"음… 제가 1억 5천까지 만들어볼게요. 그 대신 중개료는 천만 원 챙겨주시죠. 콜?"

어제까지는 2억이었던 매물이 하루아침에 5천만 원 떨어져 1억 5천만 원이 되었다. 그리고 500만 원이었던 수수료는 두 배가 되어 1천만 원이 되었다. 아, 이 바닥이 이런 곳이구나. 나는 속으로 외쳤다.

'나쁜 놈! 누굴 호구로 아나?'

첫 번째 고시원 임장은 나에게 충격 그 자체였다. 나처럼 유튜브나 SNS를 보고 몰려든 젊은 투자자들이 많다는 사실에 한 번 놀랐고, 생각보다 열악한 고시원의 모습에 두 번 놀랐다. 하지만 어쩌겠는가. 이게 현실인 것을. 그런 고시원도 없어서 더 바깥으로 떠밀리는 사람이 많은 것을. 그리고 나 역시 중개인들의 혓바닥에 놀아나지 않으려면 정신을 바짝 차려야 했다.

내 머릿속은 벌써 계산기 두드리는 소리로 시끄러웠다.

고시원 중개인은
죄다 사기꾼?!

　고백하자면 난 성격이 급하다. 뭐든지 번갯불에 콩 볶아 먹듯 해치워야 직성이 풀린다. 하루빨리 계약을 마무리하고 본격적으로 고시원 운영을 하고 싶었다. 통장에 돈 들어오는 소리를 듣고 싶었다.

　그러나 마음에 드는 매물 구하기가 하늘의 별 따기였다. 눈앞에서 순식간에 권리금과 중개료가 수천만 원씩 왔다 갔다 하는 걸 보니, 이 바닥이 예사롭지 않다는 사실은 없는 눈치로도 알 수 있었다. 공부를 하면 할수록 임장을 나설 때마다 좋은 고시원을 구한다기보다는 절대 사기를 당하지 않겠다는 생각이 앞섰다. 고시원을 내놓은 원장도, 이를 판매하는 중개사도 절대 믿을 수 없었다. 믿을 것이라고는 오직 나의 동물적인 촉과 꼼꼼한 남편의 계산뿐이었다.

두 번째 임장은 느낌이 꽤 좋았다. 젊고 싹싹한 남자 원장이 직접 나와서 친절히 설명을 해주었기 때문이다. 나중에 알게 된 사실이지만, 대부분의 고시원은 오토로 운영되고 있어 막상 임장 중에는 실제 원장을 대면하기가 쉽지 않았다. 어쨌든 이 젊은 원장은 5성급 호텔 지배인이라도 된 것처럼 꼼꼼하게 안내를 해주었는데, 그 모양새가 막힘없이 술술이었다. 청산유수인 그의 말솜씨에 끌려 매물에 대한 신뢰도는 점점 올라갔다. 밖에서 본 것보다 방의 크기도 널찍했고, 복도도 넓었다. 어떤 방은 싱크대까지 들어가 있어서 고시원이 아니라 원룸이라고 해도 손색이 없어 보였다. 보면 볼수록 마음에 꼭 드는 물건이었다. 드디어 운명의 고시원을 만난 것일까. 첫사랑을 다시 만난 것처럼 가슴이 콩닥거리기 시작했다.

고시원을 둘러보고 난 뒤 마지막으로 나를 제외한 남자 셋(원장, 중개사, 남편)이 사이좋게 옥상으로 올라갔다. 그들은 도란도란 담배를 태우며 이런저런 이야기를 나눴다. 남편은 능구렁이 원장과 베테랑 중개사 사이에 끼어 사람 좋은 미소를 짓고 있었다. 편하진 않았을 것이다. 얼마 전까지 해도 빳빳한 화이트셔츠를 입고 출근해 정해진 일을 충실하게 해내던 평범한 직장인이었으니까. 그러니까 뿌연 담배 연기 속에서 저렇게 속없는 사람처럼 웃고 있는 이유는 오직 하나, 그들의 대화 속에서 자기도 모르게 튀어나오는 진실을 찾아내기 위함이다. 원장과 중개사는 분명 우리에게 말하지 않은 게 있을 것이다. 알 수 없는 오묘한 감정들이 뒤섞여 목구멍을 타고 신물처럼 올라오는 것 같았다.

어쨌든 우리는 그 고시원이 맘에 들었고 계약을 추진했다. 그런데 인터넷에서 같이 활동하다 알게 된 예비 창업자에게 우연히 황당한 얘기를 들었다. 마치 자신이 원장인 것처럼 말하고 다니는 고시원 총무가 있는데, 그 연기 솜씨가 정말 일품이라는 것이다. 가만히 듣다 보니 그 고시원 총무는 바로 우리가 만났던 그 사람이었다. 세상에!

내막을 알고 보니 그 매물은 수개월 동안 거래가 되지 않아 시장에 표류 중인 B급 물건이었다. 실제 원장은 고시원 운영에서 완전히 손을 뗀 상태였으며, 임장 때 들은 것과 다르게 수십 개의 공실이 있는 상태였다. 전문가 포스를 폴폴 풍기며 원장 행세를 하던 그 총무는 중개인이 하루빨리 매도할 생각으로 심어놓은 사람이었다. 어쩐지… 말을 너무 막힘없이 잘한다 싶더라니. 대본이라도 달달 외웠던 것일까? 그 역시 나 같은 초보 원장들을 상대로 거짓 연기를 수십 번은 했을 것이다.

옥상에서 남자 셋이 사이좋게 담배를 피우고 헤어질 때, 그가 장기 입실자로 보이는 두세 명과 희끗희끗 곁눈질하던 모습이 주마등처럼 스쳐 갔다. 그 입실자들은 분명 그에게 원장님이라고 부르며 희죽희죽 웃었다. 그 기분 나쁜 웃음에 모든 진실이 담겨 있었다. 모두 한통속이었던 것이다. 원장의 관심도, 통제도 없는 그곳에서 고시원 총무와 장기 입실자들은 실질적 권력자나 다름없었다. 당장 계약하겠다고 설치는 초보 원장의 모습이 그들에겐 얼마나 웃기는 조롱거리였을까. 거짓 연기에 속아 희생양이 될 뻔했다는 사실을 깨닫자 눈앞이 깜깜해지고 피가 거꾸로 솟구치는 기분이었다.

20대 시절, 친한 친구가 소개팅으로 만난 남자와 단번에 사랑에 빠진 일이 있다. 금사빠인 그 친구는 정말 오랜만에 운명의 상대를 만났다며 한껏 들떠 있었다. 그러나 나는 어쩐지 그 친구의 운명적 상대가 썩 맘에 들지 않았다. 친구가 한사코 나에게 보여주고 싶다던 그 남자는 훤칠한 키에 유창한 영어 실력, 준수한 외모에 언변까지 매우 뛰어난 남자였지만, 나는 어딘가 모르게 음흉한 눈매와 능글맞은 미소가 마냥 유쾌하지만은 않게 느껴졌다.

그 뒤로 6개월 정도 지났을까? 친구는 배신감과 절망감에 만신창이가 된 상태로 나를 찾아왔다. 한참 울고 난 뒤에야 입을 연 친구의 얘기는 가히 충격적이었다. 알고 보니 그 남자는 세 살짜리 애가 딸린 돌싱남이었다. 그 모든 사실을 철저히 숨기고 뻔뻔하게 프러포즈까지 한 상태였다나? 더욱 기가 막히고 코가 막히는 것은 그다음이었다. 이미 그 남자에게 혼이 쏙 빠진 친구는 이 모든 사실을 알고도 심각하게 결혼을 고민하며 괴로워했다. 나는 고개를 절래절래 흔들 수밖에 없었다.

마음에 들었던 고시원의 진실을 알았을 때, 친구를 보며 한숨을 쉬었던 내 모습이 떠올랐다. 말끔한 사람의 언변에 홀딱 속아 넘어갔다는 사실이 한심했다. 계약서에 도장을 찍기 전 알아챘으니 다행이었지만, 그 정도로 사람 보는 눈이 없는 내 모습에 화가 치솟았다. 세상에 정말 믿을 사람 하나 없다더니… 역시 사랑이든 사업이든 금사빠는 매우 위험하구나.

그 뒤로도 수십 개의 고시원 매물을 더 임장했다. 거의 비슷했다. 마음에 드는 매물은 가격이 비쌌고, 금액이 저렴한 매물은 안 좋은 점만 보였다. 중개인의 말은 이브를 꼬시는 뱀의 속삭임처럼 달콤했고, 나는 내 판단이 맞는지 안 맞는지 헷갈리기 시작했다. 그렇게 운명의 고시원은 나타날 듯 말 듯 애를 태웠다.

그러나 금사빠였던 그 친구가 결국 돌고 돌아 좋은 남자를 만나 결혼에 성공했듯, 우리도 기필코 좋은 매물을 만나 연을 맺을 것이라 믿으며 신발 끈을 더 꽉 동여맸다. 그때까지 이 위험한 롤러코스터를 몇 번은 더 타야겠지. 인내심을 가지고 버티는 수밖에. 그렇게 마음을 다잡고 돌아다니던 어느 날, 휴대전화에 예상치 못한 전화번호가 떴다.

아버님이었다.

고시원장이
뭐 어때서요

이 역시 나중에 고시원을 운영하면서 알게 된 사실이지만, 사실 고시원 원장에 대한 타인의 시선은 그다지 곱지 않다. 고시원을 운영한다고 말하면, 그것도 남편의 퇴직금까지 끌어다 이 일을 시작했다고 얘기하면 사람들은 알쏭달쏭한 눈빛을 보낸다. 그만큼 고시원에 대해 잘 모르는 것일 수도 있고, 고시원에 대한 인식이 좋지 않은 것일 수도 있다. 미디어에 노출된 고시원이 예쁘고 살기 좋은 환경은 아니니까. 충분히 이해한다. 우리도 한때 그랬으니까.

그런데 한 가지 재미있는 사실은 어느 정도 경계가 느슨해지면 하나둘 자신이 고시원에서 살았던 경험을 풀어놓는다는 것이다. 그 고백은 보통 '사실 나도 한때 고시원에 살아봤는데'로 시작해서 '너무너무 힘들었다'로 끝맺는다. 고시원에서의 생활이 경제적으로나 심적으로나 쉽지 않았던 까닭이다. 그러니 고시원을 운영하는 원장에 대한 시선 또한 그리 달갑지 않은 것일 테지. 고시원장은 경제적으로 사정이 여의치 않은 사람들에게 늘 아쉬운 얘기를 꺼내야 하는 입장이니까. 하지만 그만큼 입실자들의 편의를 위해 진심으로 최선을 다하는 고시원장도 있다는 걸 이젠 안다.

그럼에도 가장 가까운 가족의 오해는 극복하기 쉽지 않았다. 아니, 이는 생각지 못한 복병이었다. 남편이 회사를 그만두고 고시원을 알아보러 다닌다는 소식을 접한 아버님은 불편한 기색을 감추지 않으셨다. 서울에 있는 4년제 경영대학을 졸업하고 누구나 이름만 들어도 아는 큰 회사에 다니는 아들은 아버님에게 평생의 업적이자 자랑거리였다. 그런 아들이 10년 넘게 잘 다니던 회사를 그만두고 고시원을 보러 돌아다닌다고 하니 청천벽력과도 같은 일이었으리라.

어느 날은 친구분 아드님의 결혼식에 다녀오셔서는 아예 우리를 자리에 불러 앉히셨다. 고시원은 그만 알아보고 회계사든, 세무사든 전공을 살릴 수 있는 '사' 자 들어가는 시험을 준비해보라는 말씀이셨다. 평소 부모님의 말씀이라면 무조건 알겠다고 답하던 남편이었지만, 이번만큼은 달랐다. 오히려 제가 알아서 할 테니 걱정하지 마시라며 큰소리를 쳤다. 그럼에도 아버님의 훈계는 끝날 줄 몰랐다. 보다 못한 어머님이 나서서 아버님을 뜯어말렸다.

"불혹이 다 되어 가는 아들의 일은 아들이 스스로 알아서 하게 두어요. 다시 직장에 들어갈 거면 뭣 하러 잘 다니던 직장을 그만두었겠어요. 안 그래요? 이제 애들도 성인이에요, 성인. 다 생각이 있겠죠."

어머님의 만류에도 한동안 실랑이는 이어졌다. 안 되겠다 싶었는지 남편이 내 손을 잡아 일으키려고 했다. 그때였다. 아버님이 던지신 한마디에 우리는 모두 얼어붙고 말았다.

"사람들이 큰아들 뭐 하냐고 물어보면, 나는 이제 뭐라고 답해야 하나?"

남편은 죄인이라도 된 듯 고개를 떨구더니, 이내 작심했다는 듯 쏘아붙였다.

"고시원 한다고 하면 되죠."

"……."

집으로 돌아오는 내내 남편의 표정은 어두웠다. 직장이라는 안정된 울타리를 벗어나 매일 같이 고시원을 보러 다니는 일도 힘들었을 텐데, 아버지의 반대에까지 부딪혔으니 그 마음이 오죽 불편할까 싶었다. 차가 정차했을 때 내가 조심스레 물었다.

"혹시 고시원 사업하기로 한 거 후회돼?"

남편은 고개를 저었다. 시선은 여전히 앞차를 주시하고 있었다.

"아니 전혀. 처음엔 나도 헷갈렸는데 지금은 확실해졌어. 더 이상 내 소중한 시간을 회사에 쏟아부으며 다시 돌아오지 않을 이 순간들을 흘려보내고 싶지 않아. 지금 내게 가장 중요한 건 아이들의 건강과 행복이니까. 덕분에 지금은 큰아이도 많이 건강해졌고 하루하루를 즐겁게 보내잖아. 그걸 지켜보는 게 정말 좋아. 후회하지 않아."

남편의 말에 눈물이 글썽이지 않았다면 거짓말일 것이다. 어렸을 때 부모님의 이혼으로 힘들었던 나와 달리 남편은 평범한 집안에서 번듯한 교육을 받으며 성장했다. 대학 졸업 후엔 자신이 원하는 회사에 취업했고, 직장에서도 능력을 인정받아 차근차근 승진의 길을 밟았다. 그런 그가 처음으로 아버지의 뜻에 반하는 선택을 하고, 가족의 행복을 위해 다른 길을 가겠다고 선언한 것이다.

시아버님과 남편의 이야기를 들으며 나는 두 가지 깨달음을 얻었다.

첫 번째 깨달음은 '타인의 기준을 내 인생의 기준으로 삼으면 우리는 그 무엇도 새로 시작할 수 없다'는 것이다. 새로운 도전에 나설 때 우리는 가까운 사람들의 조건 없는 응원과 격려를 기대한다. 그러나 위험하고 무모한 일일수록 오히려 가까운 사람이 반대하고 말리는 편이다. 걱정되니까, 불안하니까. 나역시 자식을 키우는 입장으로서 아버님의 마음을 모르는 바는 아니다. 진심으로 걱정해주셔서 감사하다. 하지만 분명한 사실은 타인의 인정을 갈구하는 삶은 결코 앞으로 나아갈 수 없다는 것이다.

두 번째 깨달음은 '내 존재는 오직 나의 행복으로서만 증명할 수 있다'는 것이다. 회사에 다닐 땐 나도, 남편도 자신을 설명하기가 쉬웠다. 명함 한 장만 있으면 되니까. △△기업 김 부장이란 명함만 내밀면 내 직업에 대해서, 내가 자리한 사회적 위치에 대해서 설명하지 않아도 되니까. 하지만 고시원 원장은 명함이 없다. 내가 하는 일을, 왜 하는지를, 이게 얼마나 대단한 일인지를 다른 사람들에게 설명하는 건 꽤나 어려운 일이다. 큰아들의 존재를 어떻게 설명해야 할지 난감해하시던 아버님의 고충도 충분히 이해가 가는 지점이다. 그리고 이에 남편은 말했다. 지금 아이들과 함께하는 이 시간이 행복하다고. 그게 자신이 존재하는 이유라고.

유치원에 다니는 첫째는 최근 엄마 아빠의 대화를 유심히 듣고 질문하는 일이 많아졌다. 그 질문이 때론 난감할 때도 있다.

"엄마, 고시원이 뭐야? 회사 이름이야?"

"엄마, 아빠 또 고시원 가는 거야? 가면 재미있어?"

"고시원에는 누가 살아? 사람? 강아지도 있어?"

고시원에 대해 열심히 설명을 해주지만, 아직 아이는 이해하기 어렵다는 듯 고개를 갸웃거린다. 그래, 고시원이라는 곳이 좀 기묘하고도 복잡한 곳이지. 고시원도 이렇게 설명하기 어려운데 고시원장이라는 아빠의 직업은 어떻게 설명해야 할까.

다행히도 며칠 전 아이가 아빠의 직업을 조금 더 자세히 알 수 있게 된 작은 계기가 있었다. 그날따라 유난히 상담 전화가 많이 걸려왔고, 남편은 퇴근한 뒤에도 계속 전화기를 붙들고 있었다. 그 모습을 가만히 보던 아이가 말했다.

"아빠 고시원 인기 최고다! 아빠는 인기쟁이구나!"

웃음이 절로 나왔다. 그래, 아빠는 사람들이 머물고 싶어 하는 공간을 깨끗하게 운영하고 관리하는 멋진 사람이야. 아빠가 없으면 사람들이 많이 불편해한단다. 그러니까 아빠는 세상에 꼭 필요한 사람이지.

아주 오래전 기억이 떠오른다. 학교에서 보낸 가정통신문에 부모님의 직업을 적는 칸이 있었다. 가정통신문을 꺼내자 엄마 아빠는 초등학생이던 나를 앉혀 놓고 꽤 오랫동안 자신들이 무슨 일을 하는지 설명해주었다. 부모님은 시골에서 작은 식당을 운영하는 동시에 집 짓는 일도 하고 있었다. 그냥 '자영업'이라고 적으면 되었을 텐데, 굳이 그렇게까지 엄마 아빠가 하는 일을 자세히 설명했던 이유가 뭘까. 남들이 알아주는 직업은 아니지만 최선을 다하는 것만으로도 충분히 자랑스러운 일이라고 말하고 싶었던 게 아닐까.

그때는 몰랐다. 어디에서 무슨 일을 하든, 진심으로 온 마음을 다하면 그 어떤 명함보다 빛나는 가치를 스스로에게 부여할 수 있다는 걸. 세상엔 꼭 시간이 지나야만 미루어 짐작할 수 있는 그런 일들이 있다는 걸.

그래,
너로 정했어

   끝없을 것 같이 무덥던 여름이 지나고 선선한 가을도 지나면서, 우리의 고시원 임장기에도 끝이 보이기 시작했다. 임장 초기에는 혹시라도 내가 놓치는 부분이 있을까 봐 인터넷에 떠돌아다니는 '고시원 임장 체크리스트' 출력지를 손에 쥐고 다니며 메모하곤 했다. 하지만 3개월 정도가 지나자 체크리스트는 더 이상 필요 없게 되었다. 이젠 중개사의 설명만 들어도 매물의 상중하 수준을 가릴 수 있을 정도로 익숙해진 것이다.

   회사밖에 모르던 미생이었는데, 고시원 사업을 준비하며 우리 부부는 완전히 다른 사람이 되었다. 눈에 보이는 것이 전부는 아닐 수도 있다는 사실을 알게 되었고, 겉으로 하는 말과 속으로 하는 말이 다르다는 것도 알게 되었다. 세상일이 보고서 검토하는 것처럼 분명하고 논리적이면 좋으련만⋯ 때로는 설명하기 어려운 느낌이 맞을 때도 있었다. 그 과정을 오롯이 겪으면서 우리는 하루하루 성장했다. 길고 긴 임장 기간은 고시원 원장이 되기 위한 일종의 인턴 기간이었던 셈이다.

마지막까지 우리가 고려했던 최종 후보지는 세 곳이었다. 세 고시원 모두 각기 다른 지역에 위치했고 장단점이 명확했다. 우리는 큰 고민에 빠졌다.

첫 번째 A 후보지는 수요가 많기로 소문난 강남에 위치한 고시원이었다. 교통이 편리하고 입지가 좋은 만큼 임대료 또한 만만치 않았다. 매달 건물주에게 내야 하는 월세가 700~800만 원에 육박했다. 행여나 공실이 많이 발생하기라도 하면 고시원 원장이 가져가는 순익보다 건물주가 가져가는 돈이 높아지는 구조였다. 한 달 동안 열심히 일한 노동의 대가가 고스란히 건물주에게 돌아간다고 생각하니 벌써 속이 쓰렸다.

두 번째 B 후보지는 강남에 비해 투자금은 비교적 저렴했으나, 건물 관리가 잘되지 않아 손볼 곳이 많아 보였다. 투자금을 줄일 수 있다는 건 큰 장점이었으나, 두 아이를 양육하며 회사까지 다니고 있는 나로서는 대대적인 수리를 해야 한다는 점이 큰 부담으로 다가왔다. 분명 인테리어업자와 이런저런 실랑이를 해야 할 텐데, 사람 좋은 남편에게 모든 걸 맡기자니 미심쩍은 마음도 있었다.

마지막 C 후보지는 주변 직장인은 물론 근처 대형 학원에 다니는 고시생들까지 흡수할 수 있는 좋은 위치에 있었다. 건물의 상태도 매우 양호해 보였다. 사실 이 고시원을 보는 순간 첫눈에 '아, 여기다!' 싶었지만 역시 가장 큰 걸림돌은 가격이었다. 그곳은 40여 개 이상의 방이 딸린 원룸형 고시원으로 애당초 우리가 계획한 예산을 훌쩍 뛰어넘는 매물이었다.

남편과 나는 또 한 번의 중대 결단을 내리기 위해 고심했다. 중개사에게 생각할 시간을 넉넉히 달라고 했지만, 사실상 지체할 시간이 없었다. 중개사는 더 이상 시간을 끌다가는 금세 누군가 물건을 채갈 것이라며 은근히 계약을 압박해왔다. 하긴, 그의 말도 옳았다. 유례없이 많은 젊은이가 N잡 열풍을 타고 너도나도 고시원 사업을 하겠다고 난리였으니 말이다.

하지만 수억 원의 돈을 투자해야 하는 입장에서는 당연히 신중할 수밖에. 게다가 그 돈은 남편이 청춘을 바쳐 일한 대가로 받은 퇴직금이 아니던가. 까딱하다가는 피 같은 돈도, 10년간의 직장생활도 모두 한순간에 물거품이 될 수 있다. 희망과 불안 사이에서 입이 바싹바싹 말랐다.

먼저 우리는 A 고시원을 후보에서 제했다. 아무래도 건물주만 좋은 일을 해주는 건 적성에 안 맞았다. 이제 남은 건 B와 C. 만약 B 고시원을 선택하면 적은 투자금으로 창업할 수 있지만 몇 달간 리모델링 공사에 매달려야 한다. 반면에 C를 선택하면 계획했던 것보다 큰 비용을 부담하는 대신 최소한의 품만 들이고 이른 시일 내에 수익을 낼 수 있다. 결국 돈과 시간, 둘 중 하나를 선택해야 하는 셈이었다. 돈이냐 시간이냐, 그것이 문제로다!

이때 우리는 왜 우리가 안정적인 직장을 마다하고 고시원 사업에 도전하기로 했는지 초심을 돌아봤다. 답은 명확했다. 가족에게 더 집중하기 위한 시간 확보. 언제 또다시 병원 신세를 질지 모르는 큰아이의 상태를 생각하면 하루빨리 이 일을 마무리 지어야 했다. 불과 몇 달 전, 병원에서 내 옷깃을 붙들고 칭얼거리던 아이의 얼굴이 떠올랐다. 전에 없던 용기가 거짓말처럼 불끈 솟아났다. C 고시원을 소개한 중개인에게 전화를 걸었다.

"계약서 쓰시죠. 언제 만나면 될까요?"

"좋은 결정하셨습니다. 어차피 모든 걸 만족하는 완벽한 매물은 없으니까요."

그래, 세상 그 어디에도 완벽한 것은 없어. 모든 것이 만족스러웠던 우리의 삶도 결국 불완전했던 것처럼 말이야. 일단 직감을 믿어보자.

그렇게 우리는 예산을 훌쩍 넘겼지만, 수요가 많고 관리가 수월한 올원룸 구조의 고시원을 계약했다. 그러고 보니 인터넷에서 내 경우와 비슷한 얘기를 들은 적이 있었다. 모닝 뽑으러 갔다가 벤츠 뽑는다는……

일단 결단을 내리고 나니 신기하리만치 일이 수월하게 흘러갔다. 속전속결로 이전 원장과 권리 양도양수 계약을 진행하고, 건물주를 만나 최종 임대차 계약을 체결했다. 모든 계약 단계를 마무리하고, 잉크도 채 마르지 않은 서류봉투를 챙겨 사업자 등록을 하러 가던 날을 잊을 수 없다. 유튜브에 홀려 고시원 사업을 하겠다고 마음먹었던 날, 남편의 희망 퇴직서를 메일로 보내던 날, 한여름부터 초겨울까지 발바닥에 땀 나도록 서울 곳곳의 고시원을 돌아다니던 지난 시간이 주마등처럼 스쳐 갔다.

이제 정말 인생 2막의 시작이라는 생각이 들었다. 우리가 **진짜 고시원 원장**이 된 것이다.

이것은 창고인가,
원장실인가

고시원을 인수한 뒤, 공식적으로 첫 출근하는 날이었다. 마음이 싱숭생숭하여 밤잠을 설친 탓인지 일을 시작하기도 전부터 다크서클이 턱 밑까지 내려왔다. 사업을 준비하면서 고시원 운영에 대한 여러 선배의 고충을 많이 들어온 탓에 걱정이 이만저만이 아니었다. 시쳇말로 세상엔 '또라이 총량의 법칙'이 있다고 한다. 어딜 가나 문제를 일으키는 사람이 꼭 있다는 뜻이다. 고시원도 예외는 아닐 것이다. 아니, 먹고 자는 생활에 밀접한 공간이니 더 많으면 많겠지 적을 리가……. 어쩔 수 없이 받아들여야 한다면, 제발 감당할 수 있는 수준이기를 바랐다.

역사적인 첫 출근 수단으로는 지하철을 택했다. 아침 9시 30분. 출근 시간을 살짝 지난 시간이었음에도 지하철은 여전히 마음 급한 직장인들로 발 디딜 틈이 없었다. 한 박자 늦게 출발하면 조금은 숨 쉴 구멍이 있지 않을까 생각했던 내 예상은 보기 좋게 빗나갔다. 콩나물시루처럼 꽉 막힌 출근 열차에 몸을 싣고 나니, 자연스레 사람들의 옷차림과 표정에 눈길이 갔다. 저마다의 전쟁터로 향하는 사람들은 격식 있는 옷차림에 재킷이나 코트를 껴입고, 한 손에는 출근 가방을 들고 서 있었다. 꼭 다문 입술에서는 비장함마저 느껴졌다.

그 사이에 검은색 트레이닝복을 입고 낡은 야구모자를 야무지게 눌러쓴 남편과 내가 있었다. 대충 둘러맨 가방에는 미리 마트에서 구입한 청소용품이 들어 있었다. 고시원에 가면 먼저 청소부터 할 참이었다. 직장인들과는 다른 격식 없는 옷차림 때문이었을까, 사뭇 긴장한 우리의 마음 때문이었을까. 마치 타서는 안 될 열차에 올라탄 불청객이 된 것 같았다.

지하철 문이 열리기만을 기다리던 우리는 재빨리 밖으로 튀어나왔다. 초겨울인데도 코끝을 지나는 바람이 제법 차가웠다. 출구에서 10여 미터 직진한 뒤 오른쪽 골목으로 꺾어 들었다. 밤이면 밤마다 화려한 네온사인이 켜지고 혈기 왕성

한 청춘들과 지친 직장인들이 한데 뒤엉키는 먹자골목이 보였다. 임장하러 몇 번 왔었는데도 여전히 낯설게 느껴지는 풍경이었다. 바닥에 나뒹구는 전단지들이 발끝에 차였다.

골목을 따라 쭉 걸어가자, 이내 삼겹살집과 일본식 술집 사이에 껴 있는 우리 고시원 건물이 나타났다. 주변 상가들은 지난밤의 뜨거웠던 열기를 식히려는 듯 방전된 배터리처럼 고요했다. 매일 밤 뿌연 담배 연기와 알코올 냄새로 물드는 이 거리에서 적막함마저 느껴졌다. 이런 곳에 사람이 먹고 자고 공부하는 고시원이 있다니……. 쉽사리 공감이 가질 않지만 사실이었다. 아니, 이쪽 골목만 해도 고시원이 몇 개는 있었다.

남편과 나는 나란히 서서 좁고 긴 계단을 한참 올랐다. 매우 오래된 건물인지라 엘리베이터가 없었다. 계단 끝에 '사무실'이라는 작은 팻말이 달린 검은색 문을 열자 고시원 원장을 위한 1평도 안 되는 방이 나타났다. 고시원 곳곳을 볼 수 있는 여러 대의 CCTV 모니터와 컵라면 하나를 간신히 먹을 수 있는 낡은 책상, 싸구려 플라스틱 의자가 원장을 위한 복지라면 복지였다. 그마저도 온갖 짐들이 쌓여 있어서 엉덩이를 제대로 붙이려면 짐을 발 아래로 내려놓아야 했다. 여름엔 시원하고 겨울엔 따뜻한 사무실에서 쾌적하게 근무

하던 남편이 과연 잘 지낼 수 있을까, 걱정이 앞섰다.

"와 여기, 진짜 좁네. 당신은 앉을 수도 없겠어."

"여기 뭐 앉을 일이 있겠어? 그냥 CCTV 설치용 공간이지. 작은 창고 같은."

"정리를 좀 해봐야겠다. 그래도 가끔 개인 공간이 필요할 수도 있잖아."

"요 앞에 카페 가면 되지 뭐."

다행히 남편의 표정에 실망한 기색 같은 건 없었다. 그래, 대기업이 뭐 그리 대단한가? 좁아도 남의 눈치 안 보고 마음껏 내 가족을 위해 일할 수 있는 여기가 훨씬 낫지. 게다가 회사원에서는 사원이지만 여기에선 원장인데!

"빨리 청소하고 맛있는 거 먹으러 가자. 내가 주방 쪽 먼저 정리할게."

세월의 흔적이 고스란히 느껴지는 촌스러운 옥빛 싱크대와 누런 때가 낀 수전 앞에서 나는 팔을 걷어붙였다. 그런데 닦아도 닦아도 너저분함은 사라지지 않았다. 오히려 싱크대 코팅이 제멋대로 벗겨져 더 지저분하게 보였다. 이거, 어디서부터 어떻게 손을 대야 하나. 환기가 제대로 되지 않아 온갖 음식물 냄새가 뒤섞여 올라오는 고시원 주방에서 나는 한동안 고장 난 기계처럼 멍하니 서 있었다. 어쩐지 이 케케묵은 싱크대가 우리 부부의 앞날을 예견하는 것 같아 가슴이 먹먹했다. 지금보다 분명 돈도 더 많이 벌고, 시간의 자유도 얻을 수 있을 거라는 믿음으로 시작한 일이었는데, 당장은 그 어떤 확신도 기대감도 전혀 느껴지지 않았다. 괜한 욕심을 부리다 엉뚱한 가시밭길로 들어선 건 아닐까?

그런 생각에 잠겨 있을 때, 남편이 주방 문을 열고 들어왔다. 얼굴에 어울리지 않는 묘한 결의가 서려 있었다. 남편이 흥분한 목소리로 말했다.

"여기, 이거 좀 써봐. 세정제 더 강한 걸로 사 왔어."

쉿! 나는 검지를 입술에 대고 남편에게 주의를 주었다. 아차차! 남편이 어깨를 으쓱하며 입 틀어막는 시늉을 했다. 조심스레 내미는 그의 손에는 '초강력 세척'이라고 적힌 세정제가 들려 있었다. 사소한 것이지만 동업자의 노력과 의지가 느껴져 마음이 조금 놓였다.

"그래, 이거면 될 것 같아. 하나씩 천천히 해보자, 우리."

나는 동업자의 눈을 바라보며 작게 웃었다. 그저 묵묵하게, 함께 쓸고 닦다 보면 어떻게든 되겠지. 그래, 어떻게든 되겠지. 고시원에 거주하는 입실자 여러분, 우리 고시원이 특급 호텔은 아니지만 한 달이든 일 년이든 그저 오롯이 쉴 수 있는 살 만한 공간을 만들어볼게요. 그러니 초보 원장이라고 너무 무시하지 말고 우리, 잘 지내봐요.

　절대 지워지지 않을 것 같던 누런 물때가 조금씩 벗겨지기 시작했다.

제2장

각자의 자리에서,
각자의 방식으로

몽클레르와 롤렉스를 걸친
허세남의 정체

마침내 우리는 방마다 화장실 겸 샤워실이 모두 구비된 원룸형 고시원을 인수했다. 고시원의 방은 설비 유형에 따라 원룸형, 샤워룸, 미니룸으로 나눌 수 있다. 원룸형은 일반적인 원룸을 압축시킨 형태라 생각하면 좋다. 각각의 공간은 좁지만 볼일을 보거나 씻을 때 다른 사람의 눈치를 볼 필요가 없어 편리하다는 장점이 있다. 샤워룸은 간단한 샤워 공간은 갖추어져 있으나 화장실은 공용으로 써야 하는 방이고, 미니룸은 정말 잘 수 있는 공간만 제공되는 방이다. 가격은 당연히 원룸형이 가장 비싸고 샤워룸과 미니룸이 그 뒤를 잇는다. 우리가 비싼 돈을 들여 원룸형 고시원을 인수한 건 사람들의 공용 공간이 줄어든 만큼 민원도 덜 발생하지 않을까 하는 기대를 가졌기 때문이다.

고시원을 인수할 때 가장 걱정한 건 악성 민원이었다. 사람이 살다 보면 필연적으로 불편한 일이 발생할 수밖에 없다. 특히 여러 사람이 모여 사는 공간은 분쟁이 반드시 발생하게 마련이다. 그래서 우리가 직장으로 삼아야 할 공간에 어떤 사람들이 살고 있을까 하는 호기심도 있었지만, 과연 어떤 진상이 존재할까 하는 두려움도 있었다. 온실 속 화초처럼 직장생활만 해온 우리가 과연 감당할 수 있을까?

그중에서도 가장 걱정되는 건 나이 많은 어르신들이었다. 인터넷 커뮤니티를 통해 알게 된 선배 원장님 중 한 명은 초보 원장인 우리들에게 많은 얘기를 해주었는데 그중 가장 충격적이었던 게 고독사였다. 어르신이 많이 거주하는 열악한 환경의 고시원에서는 종종 고독사가 발생하곤 하는데, 표현하기 힘든 악취 때문에 민원을 받고 뒤늦게 발견하는 경우가 많다는 것이다. 그러니 평소 맡지 못했던 이상한 냄새가 나면 반드시 의심해보라고 했다.

고독사도 고독사지만 그 뒤의 수습도 문제였다. 고독사가 발생한 고시원에 누가 살고 싶어 할까? 나라도 꺼림칙한 마음이 들어 어려울 것 같았다. 하지만 선배는 소리 소문 없이 시신과 방을 정리하고 남아 있는 입실자들의 동요를 최소화하는 매뉴얼이 다 있다며 걱정하지 말고 자기에게 조용히 전화하라고 했다. 참으로 고마운 말씀이었지만 웃어야 할지 울어야 할지 나는 난감한 표정을 지었다.

고시원을 양도한 전 원장은 우리보다 한두 살 어려 보이는 30대 남성이었다. 여기서 1차 충격은 나보다 어린 사람이 벌써 이 업계에 뛰어들어 돈을 벌고 있다는 사실이었다. 게다가 고시원 사업은 본업이 아니라 부업이었다. 그리고 2차 충격은 본인이 운영하는 고시원에 대해 놀랄 만큼 아는 게 없다는 사실이었다.

"원장님, 지금 고시원에는 주로 어떤 분이 지내시나요?"

"아… 음… 아마도 공부하시는 학생분이 많을 거예요."

"나이 드신 분들은 없나요?"

"제가 알기론 없어요. 한두 분 계시려나? 아닌가? 서너 분인가?"

전 원장은 우리의 질문을 이렇게 얼렁뚱땅 대충 얼버무렸다. 얘기를 더 들어보니 그는 고시원에는 한 달에 한 번 들를까 말까 하고 필요한 일은 대부분 외주를 줘서 오토로 운영한다고 했다. 그래도 그렇지. 자기 이름으로 사업자를 내고 운영하는 고시원에 어떤 사람이 어떻게 사는지 이렇게 모를 수가 있나. 내게 돈을 주는 고마운 사람들인데 최소한 이름 정도는 알아야 하지 않나.

인수인계를 받고 우리가 제일 먼저 한 일은 40명 넘는 입실자에게 일일이 전화를 돌리는 것이었다. 파악을 해보니 입실자 대부분은 근처 직장인이거나 학원에서 시험을 준비하는 20, 30대 남성이었다. 고시원의 태생이 고시 공부를 하던 학생들을 위한 공간이었다는 사실을 떠올리면, 수험생이 많은 것은 딱히 이상한 일이 아니었다. 그렇다면 일정 수준의 급여 소득이 있는 직장인들이 고시원에 사는 이유는 무엇일까? 서울의 주거 비용이 많이 높긴 하지만 그래도 웬만한 직장에 다니면 원룸 정도는 얻을 수 있을 텐데……. 그들이 고시원에 사는 속사정이 궁금했다.

30대 초반의 한 청년 입실자는 그중에서도 눈길을 끌었다. 입실자 관리 명부를 보니 그는 2년 넘게 장기 거주를 하고 있었다. 비고란에는 근처 대형 금융회사에 다니는 직장인이라고 적혀 있었다. 30대 초반에 금융회사 팀장인데 왜 굳이?

한번은 그가 방에 물이 샌다며 연락을 취해왔다. 그런데 카카오톡 프로필을 보고는 깜짝 놀라지 않을 수 없었다. 35만 원짜리 방에 2년 동안 거주 중인 그의 카카오톡 프로필은 너무나도 화려했다. 톰 브라운 셔츠와 카디건을 입은 일상의 모습과 하얀 눈밭을 배경으로 몽클레르 외투를 걸친 모습이 눈에 들어왔다. 손목에 번쩍이는 롤렉스 시계를 차고 외제 차 앞에서 한껏 웃고 있는 사진도 자랑스럽게 걸려 있었다.

금융회사라더니… 혹시 사기꾼인가? 아니면 이렇게 돈을 펑펑 쓰고 다니느라고 원룸 하나 얻을 돈이 없어서 고시원에 거주하는 건가. 한심하다, 한심해. 한숨이 절로 나왔다. 허영심만 가득하고 내실은 1도 없는 사람일 가능성이 높아 보였다. 하지만 아직 단정하기엔 일렀다. 고시원에 오는 사람들은 다 저마다의 속사정이 있게 마련이니까. 한 가지 희망적인 사실은 그 입실자는 단 한 번도 입실료를 밀린 적이 없는 우량 고객이라는 점이었다.

며칠 뒤 우리는 누수 문제를 해결하기 위해 그의 방으로 들어갔다. 몽클레르와 롤렉스 시계를 걸치고 35만 원짜리 고시원에 2년 동안 살고 있으며, 화려한 카카오톡 사진을 자랑하던 그의 방 상태를 확인하는 순간, 우리는 다시 한번 엄청난 충격에 휩싸였다. 과연 입실자의 방 상태는 어땠을까?

① 더러운 쓰레기가 가득했다.
② 각종 술병이 쌓여 있고, 찌든 내가 진동했다.

③ 의외로 매우 깨끗했다.

이 가운데 정답은 없다. 왜냐하면, 매우 깨끗한 정도가 아니라 놀랍도록 단정하고 말끔했기 때문이다. 심지어 은은한 향기까지 났다. 방향제를 뿌린 건지 아니면 즐겨 쓰는 향수의 흔적인지 알 수 없었지만, 도저히 고시원에 혼자 사는 30대 남성의 방이라고는 믿을 수 없는 향기가 풍겼다. 창피한 이야기지만 여자 혼자 자취하던 20대 시절 내 자취방보다 훨씬 깔끔했다. 모든 물건이 신기할 정도로 안정감 있게 제 자리에 정돈되어 있었고, 가로 90센티미터 세로 190센티미터의 좁은 침대 위에는 베개와 이불이 마치 호텔 방처럼 각 잡혀 있었다. 이 사람 대체 정체가 뭐야?!

나중에 알고 보니 그는 정말로 멀쩡한 회사에 다니고 있으며 남부럽지 않을 정도의 급여를 받는 평범한 직장인이었다. 그가 고시원을 선택한 이유는 단순했다. 우리 고시원이 회사 앞 바로 5분 거리에 있었기 때문이다. 또한 외향적인 성격이라 집에 있는 시간보다 밖에 있는 시간이 훨씬 길었고, 집에서는 거의 잠만 자기 때문에 주거 비용에 많은 돈을 쓰고 싶지 않았던 것이다. 멀쩡하다 못해 핵가성비를 추구하는 똑똑한 청년이었다. 그 와중에 본인이 좋아하는 명품 소비는 좀 하는 것 같았지만 말이다.

'완벽한 직주 근접. 보증금 5만 원, 월세 35만 원.
심지어 추가 공과금 전혀 없음.'

가만 생각해보니 회사에서 일을 길게 하거나 밖에서 노는 시간이 많은 싱글 직장인 남성에게 고시원은 정말 최적의 주거지였다. 서울 한복판에서 깔끔한 원룸을 얻으려면 최소 보증금 5천만 원은 있어야 할 텐데 이는 결코 적은 돈이 아니다. 게다가 수십만 원에 달하는 월세까지 감당하려면 생활은 쪼들릴 수밖에 없다.

그런데 이 청년처럼 극가성비를 추구하면 주거 비용을 최소화하고 오히려 그 돈으로 취미 생활을 즐길 수 있다. 본인이 좋아하는 물건도 마음껏 사고, 여행도 할 수 있다. 금융회사에 다닌다니 좋은 금융 상품에 투자해서 두 배, 세 배의 돈을 벌 수도 있을 것이다. 어쩌면 그의 통장에는 번듯한 오피스텔을 얻고도 남을 만한 넉넉한 잔고가 있을지도 몰랐다.

우리는 늘 잘난 척하며 산다. 선입견과 편견에 빠진 줄도 모르고 색안경 낀 눈으로 누군가를 평가한다. 고시원에 살면 가난할 거라고, 지방대를 나왔으니 공부 열심히 안 했을 거라고, 반대로 강남에 살면 부자이고 8학군 출신이니 공부도 열심히 했을 거라고. 그 색안경을 낀 사람이 바로 나였다. 부끄러웠다.

나아가 고시원에 사는 사람들은 고시원에 산다는 이유만으로, 생각보다 따갑고 쓰라린 타인의 시선을 견뎌야 할지도 모르겠다는 생각이 들었다. 그래서 그 청년이 더욱 대단해 보였다. 타인의 시선을 의식하지 않고 자신의 가치관과 신념에 따라 산다는 게 얼마나 어려운 일인가. 아니, 나는 한순간이라도 남들의 시선을 의식하지 않고 살아본 경험이 있던가. 오히려 돈과 시간을 투자해서 남들에게 잘 보이려고 아등바등하지 않았나.

35만 원짜리 고시원에 살면서 돈도 아끼고 시간도 아끼는 이 청년이야말로 삶의 무게중심이 잡힌 현명한 인생을 살고 있었다. 누가 그에게 명품을 좋아한다고 돌을 던질 수 있으랴?

끝없는 민원 지옥
대오픈!

　고시원 원장의 하루는 생각보다 바쁘게 돌아간다. 가만히 앉아만 있어도 돈이 들어온다고 생각하는 사람이 많은데, 세상에 공짜는 없다. 집에 방이 40개나 있다고 생각해보라. 그리고 그 안에 40명의 각기 다른 사람이 살면서 밥도 먹고, 잠도 자고, 공부도 하고, 취미생활도 한다고 생각해보라.

　"원장님, 옆 방에서 이상한 소리가 나요."

　"원장님, 누가 자꾸 제 빨래를 훔쳐 가는 것 같아요."

　"원장님, 누가 복도에서 신발을 신고 다녀요."

　"원장님, 원장님, 원장님!!!"

　고시원을 인수하고 며칠은 '원장님' 소리가 꿈속에서도 들리는 듯했다. 그렇다. 우리는 이제 어엿한 원장님이다. 그런데 일반적인 원장이 아니다. 학생들을 가르치는 학원 원장도 아니고, 스타일을 멋지게 꾸며주는 미용실 원장도 아니다. 낡디낡은 건물에서 다중생활시설을 운영하는 고시원 원장이다.

한동안은 원장님이라는 소리가 어찌나 불편하던지 누가 "원장님!" 하고 부르면 마치 세상에 있어서는 안 될 금기어라도 들은 것처럼 등골이 오싹하고 심장이 벌렁거렸다. 고시원에서 원장님을 부를 때는 그만한 이유가 있기 때문이다. 사람들이 원장을 찾을 땐 꼭 해결해야만 하는 어떤 문제가 발생했다는 얘기이다.

"원장님, 침대가 흔들거리는데 수리할 수 있을까요?"

고시원을 인수하자마자 받은 첫 번째 민원이었다. 오랫동안 살던 학생이었는데, 인사를 돌리자마자 침대 수리를 요청했다. 사실은 아주 오래전부터 침대가 흔들거려서 전임 원장에게 말했는데 끝내 고쳐주지 않았다고 했다. 학생은 허리가 너무 아팠지만 지금껏 참고 살았다는 말을 덧붙였다. 전임 원장은 어째서 침대를 고쳐주지 않았으며, 또 이 학생은 이제껏 잘 참고 있다가 왜 지금에서야 말하는 걸까. 마치 새 원장이 오기만을 기다렸다는 듯이 말이다.

"원장님, 하수구 냄새가 나서 미칠 것 같아요."

두 번째로 받은 민원은 하수구 냄새였다. 하수구 냄새는 어떻게 없앨 수 있을까? 인터넷에 '하수구 냄새날 때 해결 방법'이라고 검색해봤다. 지식인들이 알려주는 대로 배수구 트랩을 교체한 뒤, 다이소에서 산 방향제를 두 가지 정도 넣어보았다. 제발 효과가 있어야 할 텐데. 다행히 그 뒤로는 따로 연락이 없었다. 이렇게까지 했는데도 효과가 없으면 별수 없다. 참고 살거나 나가거나, 둘 중 하나다.

"원장님, 전등이 자꾸 나가요."

이번엔 전등이다. 전등 교체쯤은 식은 죽 먹기라고 생각했다면 오산이다. 전등 자체의 문제가 아닐 수 있기 때문이다. 게다가 입실자는 특정 시간대에만 한 번씩 전등이 나간다고 했다. 전등이 아니라 전기 쪽의 문제일 수도 있다. 물론 초보 원장은 이런 사실을 알 리가 없다. 원인을 도통 알아낼 재간이 없어 한숨만 푹푹 쉬다가 결국 전문가에게 SOS를 쳤다. 남편과 함께 눈에 불을 켜고 수리 과정을 지켜봤지만, 다음에 또 이런 일이 생겼을 때 우리가 고칠 수 있을지는 모르겠다. 아직 갈 길이 멀었다.

"원장님, 식기 사용 후 설거지를 그대로 두는 얌체족이 있어요."

이쯤 되면 고시원 원장이 아니라 기숙사 사감이다. 학생주임 선생님처럼 생활지도까지 해야 하니 말이다. 다 큰 어른들한테 이런 사소한 것까지 일일이 가르쳐야 할 때면 말을 꺼내기가 참 조심스럽다. 일단 범인을 알아야 하니 급하게 CCTV를 돌려 보았다. 역시나 책임감 없는 1퍼센트의 비양심이 문제다. 설거지가 방치된 문제의 현장을 적나라하게 인쇄하여 싱크대 앞에 붙여두었다. '개인 설거지 철저히 부탁드립니다. 민원이 지속해서 발생하고 있습니다. 24시간 CCTV 가동 중'이라는 문구와 함께. 효과는 만점이었다. 그 뒤로 거짓말처럼 얌체족은 사라졌다.

"원장님, 도어락 비번 설정이 안 됩니다. 빨리 도와주세요."

도어락 비번 설정이 안 된다니, 이 무슨 황당한 소리인가. 깨알같이 작은 크기지만, 분명 도어락 커버에 설정 방법이 쓰여 있는데 말이다. 원장이라고 해서 뭐 특별한 방법으로 비번을 설정하는 것도 아닌데. 답답한 마음을 뒤로 한 채 일단 전화로 차근차근 방법을 설명해주었다. 삐삐삐삐, 오작동 알림 소리가 거듭 울려 퍼졌다. 계속 실패다. 시끄럽다고 다른 사람이 민원을 넣을 수도 있다. 어쩔 수 없이 또 출동이다.

"원장님, 혹시 남는 이불 있나요?"

오늘 입실한 손님이 이불도 없이 맨몸으로 들어왔나 보다. 고시원은 호텔이 아닌데……. 엄동설한에 이불도 없이 고시원에서 첫날밤을 맞이하면 얼마나 서러울까 싶어 급히 집에 있던 이불을 가져다주었다. 그 뒤로 혹시 모를 상황에 대비해 여분의 이불을 고시원에 미리 챙겨두었다. 하지만 하루 35만 원도 아니고 한 달에 35만 원짜리 고시원에서 침구 제공을 바라는 것은 과욕이라는 점을 제발 알았으면 좋겠다.

"원장님, 환풍기 소리가 너무, 너무 무서워요!"

환풍기 소리가 무섭다니! 환풍기 소리가 얼마나 크기에 무섭다는 걸까? 살면서 환풍기 소리가 무섭다는 생각은 한 번도 해본 적이 없다. 하지만 이해한다. 고시원처럼 좁은 공간에서는 냉장고 소리, 환풍기 소리마저 으스스하게 느껴질 수 있다. 어떻게든 해보라며 남편의 등을 떠밀었다. 평소 남편은 집에서 전등 하나 갈지 않던 사람이었으나, 고시원 운영 한 달 만에 환풍기 정도는 눈 감고도 교체할 수 있는 경지에 다다랐다.

운영 초기에는 돈을 한 푼이라도 아끼려고 이 모든 일을 직접 처리했다. 허름한 작업복 차림에 고무장갑을 끼고 이리 뛰고 저리 뛰는 모습은 원장이라기보단 영락없는 건물관리 노동자였다. 분명 고시원 사업은 2시간씩 주 2일만 나와도 충분하다고 들었는데… 요령만 생기면 무인 오토 시스템으로 손 안 대고 코 풀 수 있다고 들었는데…… 달라도 너무 달랐다. 종일 이런 자질구레한 민원들에 시달리다 보니 정신적인 스트레스도 상당했다. 시도 때도 없이 울리는 상담 전화와 문자, 카카오톡 알람까지 더해져 노이로제에 걸리기 직전이었다.

하지만 이런 소소한 민원들은 사실 애교에 불과하다는 사실을 사계절을 온전히 겪고 나서야 알았다. 장마철엔 누수, 겨울철에는 결로라는 엄청난 이벤트들이 기다리고 있었으니 말이다. 누군가 나에게 고시원 원장은 어떤 일을 하느냐고 묻는다면 첫째로 중한 것은 청소요, 둘째는 시설 관리이며, 셋째는 사람 관리라고 답하고 싶다.

제발 5만 원만
올려주세요

원장님 소리가 조금씩 귀에 익을 때쯤 우리는 두 번째 난
관을 만났다. 만실이라고 해서 큰 권리금을 주고 계약한 고
시원이었건만 한꺼번에 공실이 10개나 생긴 것이다. 평균 방
값 40만 원씩만 잡아도 10개면 대략 400만 원의 손실이었다.
처음엔 계약 사기라도 당한 것 같아 억울한 마음에 잠도 오
질 않았다. 고시원을 인수한 지 딱 열흘만의 일이었다. 이런
사태를 방지하기 위해 그토록 꼼꼼하게 임장을 다니고 심사
숙고 끝에 계약했건만, 결국 우려했던 일이 벌어지고 만 것
이다. 혹시 우리가 물건을 잘못 본 건 아닌지, 인수인계 과정
에서 빠진 정보는 없었는지 몇 번이나 되짚어 봤지만 이미

엎질러진 물이니 소용없었다.

　그나마 고시원 권리 계약 당시 이와 관련된 '공실 특약'을 포함시킨 게 불행 중 다행이었다. 공실 특약은 우리처럼 인수 직후, 계약서에 명시된 공실 개수와 큰 차이가 날 경우 일정 금액을 보상받을 수 있도록 하는 안전장치였다. 고시원은 수익률에 따라 일정 비율의 권리금이 책정된다. 따라서 공실이 몇 개인지 여부에 따라 권리금이 천차만별로 달라지기 때문에 인수하고자 하는 고시원의 정확한 공실 여부와 매출액, 그리고 해당 특약을 반드시 잘 체크할 필요가 있다.

　고시원 민원 해결이 몸풀기에 불과했다면 이제는 본격적인 장사를 시작할 때였다. 고시원 매출을 안정적으로 발생시키기 위해서는 인테리어 및 시설 보수 등을 통해 입실자들에게 더 좋은 서비스를 제공하고 계약을 오랫동안 유지시켜야 한다. 그렇게 입소문이 나면 신규 고객이 자연스레 늘어나 공실률도 낮게 유지할 수 있다.

　하지만 그만큼이나 중요한 게 기존 입실자들의 입실료를 인상하는 일이다. 신규 고객을 유치하는 건 고시원의 첫인상을 가꾸고 마케팅에 신경을 더 쓰면 되는 일이지만, 입실료 인상은 이야기가 다르다. 짧게는 1~2년, 길게는 10년 이상 거주하고 있는 장기 입실자들이 거세게 반발할 게 뻔했다. 여의치 않을 경우 공실이 더 발생해 수익률이 악화될 수 있었다. 현재 있는 공실도 감당이 안 되는데 여기서 더 늘어나면… 정말이지 상상도 하기 싫은 일이었다. 이러다 부자는커녕 순식간에 망할 수도 있겠다는 생각이 들었다. 그렇다고 입실료 인상을 포기할 순 없었다. 수익이 충분히 나지 않으면 시설에 재투자를 할 수 없고, 장기적으로는 신규 입실자들의 외면을 받는 상황에 부닥칠 것이다.

남편과 나는 입실자 명단이 적힌 종이를 두고 심각한 얼굴로 마주 앉아 최근 시세보다 5~10만 원 정도 낮은 가격에 살고 있는 입실자들 이름에 동그라미를 쳤다. 거주 기간이 매우 긴 터줏대감들의 이름에는 따로 노란색 형광펜을 칠했다. 마지막으로 지금보다 얼마의 금액을 인상할 것인지 적었다. 자, 이제 타깃은 정해졌다. 문제는 그다음이었다. 아직 이런 일이 익숙하지 않은 탓에 통화 버튼을 누르기가 영 불편하고 껄끄러웠다. 사람 좋기로는 둘째가라면 서러운 남편도 머뭇거리긴 마찬가지였다. 결국 우리는 누구도 총대를 매지 못하고 둘이 힘을 합쳐 문자를 보내보기로 했다.

입실자들에게 무슨 말을 어떻게 꺼내는 게 좋을까. 형편상 어쩔 수 없이 월세를 올려야 하니 당장 다음 달부터 인상된 금액으로 입금해달라고 통보하면 될까. 그러면 그 문자를 받아본 상대방은 기분이 어떠려나. 한 번이라도 월세를 살아본 설움이 있는 사람이라면 쉽사리 입술이 떨어지지 않는 내 마음을 이해하고도 남을 것이다. 쥐꼬리만 한 월급 받으며 내 집 하나 없이 세 들어 사는 것도 서러운데 별안간 나타난 생면부지의 집주인이 하루아침에 돈을 더 내놓으라고 한다면? 그야말로 마른하늘에 날벼락일 것이다. 게다가 새로 온 주인은 나이도 젊고 행색도 번지르르한데다 험한 일은 해보지도 않은 것처럼 보인다. 모르긴 몰라도 세입자 입장에서는 묘한 반감과 억하심정이 들 수도 있지 않을까.

내게도 유독 기억에 남는 집주인이 있었다. 대학 시절, 학교 앞 원룸에서 자취할 때 만난 집주인이다. 내가 '집주인 오빠'라고 부르던 그는 원룸 건물주의 아들이자 건물 관리인이며 회사에 다니는 건실한 직장인이었다. 시골에서 상경한 나는 부모님의 지원을 받으며 근근이 학교생활을 이어가고 있었다. 그런데 1학년을 다 채우기도 전에 부모님의 이혼 소식이 들려왔다. 사태는 점점 심각해졌고 급기야 모든 생활비가 끊기고 말았다. 다음 학기 등록금을 낼 돈은 당연히 없었고, 얼마 되지 않는 월세도 한두 달 밀리기 일쑤였다. 학교 수업을 마친 뒤 학교 앞 식당이나 호프집에서 새벽 한두 시까지 아르바이트를 했지만 겨우겨우 입에 풀칠만 할 수 있을 정도였다.

그때 만일 집주인 오빠가 당장 월세를 내라고 면박을 주거나 짐을 빼라고 했다면, 지금 내 인생은 어떻게 됐을까? 먼저 학업을 포기하고 무엇이든 돈이 되는 일거리를 찾아 헤매지 않았을까? 직장생활은커녕 여기저기 아르바이트만 전전하다 삶을 포기하지 않았을까?

하지만 집주인 오빠는 월세를 채근하는 법이 없었다. 뒤늦게 월세를 건네도 고생이 많았다며 오히려 따스한 말을 건네주었다. 아마도 그의 눈에는 지방에서 올라와 밤늦게까지 아르바이트를 하는 어린 여대생이 안쓰러웠을 것이다. 그때는 잘 몰랐다. 집주인 입장에서 월세가 얼마나 중요한지. 사실 나는 어린 마음에 '월세를 내지 않으면 보증금에서 차감하면 그만이지!' 하는 안일한 생각도 했었다. 그렇게 20년 가까이 지난 지금도 그 집주인 오빠는 내 마음속 깊은 곳에 잊지 못할 고마운 사람으로 남아 있다.

집 없는 설움을 누구보다 잘 알기에 나는, 단돈 5만 원의 입실료 인상 이야기를 꺼내기까지 꽤 깊은 내적 갈등을 겪었다. 돈 얘기로 누군가에게 상처 주고 싶지 않았지만, 결국 나도 먹고살아야 하는 처지이기에 어쩔 수 없는 상황임을 이해

받고 싶었다. 그렇게 수십 번 쓰고 지우기를 반복하며 작성한 공지 문자는 집주인의 난처한 입장을 최대한 공손하게 담아내고 있었다. 하지만 발송 버튼을 누르는 순간에도 나는 알고 있었다. 입실자들에겐 결국 피도 눈물도 없는 집주인의 월세 인상 통보로 느껴질 거라는 사실을.

"안녕하세요. 고시원 원장입니다. 새로 고시원을 맡아 운영한 지 얼마 되지 않은 시점에 한 가지 죄송한 말씀을 드립니다. 최근 전기세와 가스비가 20퍼센트 가까이 역대급으로 인상되었고 각종 부식비와 인건비도 상승하고 있습니다. 최대한 부담을 드리지 않기 위해 정말 최소한의 선에서, 불가피하게 입실료가 인상될 예정입니다. 입실자 여러분들의 너그러운 양해를 부탁드립니다. 앞으로 더욱 쾌적한 서비스를 제공하기 위해 최선을 다하겠습니다."

단 한 명이라도 좋으니 '네, 알겠습니다' 혹은 '이해하는 바입니다'라는 답장을 보내주면 마음이 편할 것 같았다. 그러나 이는 지나친 욕심이었다. 문자에는 누구도 답장을 주지 않았다. 오히려 3년째 30만 원이라는 저렴한 입실료를 내고 있던 한 입실자가 잔뜩 화가 난 목소리로 전화를 걸어왔다.

"601호 입실자인데요. 입실료를 올리신다구요? 제가 여기서 몇 년을 살았는지 아십니까? 그리고 일이 바빠서 정말 아무엇도 안 하고 밤늦게 들어와서 잠만 자고 나간다는 말입니다. 주방도 안 쓰고 세탁도 자주 안 하고 전기도 거의 안 쓴다고요. 새로 오시자마자 너무 하시는 거 아닙니까?"

"아, 그러시군요. 잠시만요. 지금 30만 원… 30만 원 내고 계시는데요. 요즘 이 동네 시세가 최소 40만 원부터 시작입니다. 다른 데 알아보시면 아시겠지만……."

나는 말끝을 흐리며 그의 반응을 천천히 살폈다.

"40만 원이요? 하! 저는 진짜 새벽에 들어와서 잠만 잔다니까요!"

"네, 알지요. 또 오래 계시기도 하셨으니까요. 10만 원까지는 부담스러우실 것 같아서 35만 원만 받으려고 해요. 그 정도면 괜찮으실까요?"

"아니, 5만 원도 크죠. 안 그렇습니까? 좀 더 깎아 주셔야 합니다."

완강한 그의 말에 잠시 마음이 흔들렸지만 단호하게 거절했다. 그러자 그는 당장 다른 방을 구해서 나가겠다며 바락바락 성을 낸 후 전화를 뚝 끊어버렸다. 어느 정도 예상한 일이었지만, 막상 당하고 보니 기분이 썩 좋지만은 않았다. 나 또한 작은 고시원을 인수한 자영업자일 뿐인데, 고시원 사람들은 나를 악덕 사장으로 보는 것 같아 억울한 마음이 들었다.

그들이 먹고살아야 하듯 나 또한 먹고살기 위해 최선을 다했을 뿐이다. 달랑 5만 원 가지고 왜들 이렇게 난리를 치는지 정말……. 어디까지 입실자들의 사정을 봐줘야 하는 것일까.

며칠 뒤, 매몰차게 전화를 끊었던 입실자로부터 뜻밖의 문자가 도착했다.

"원장님, 일단 그냥 여기서 더 지내보려 합니다."

며칠 전 전화를 끊을 때와는 다르게 매우 정중한 말투였다. 아마도 다른 고시원을 알아보았으나 더 좋은 방을 구하지 못한 모양이었다. 나도 마음이 약해졌다.

"네, 그렇게 하시죠. 원래 5만 원 인상인데 장기 입실자이시고 하시니 3만 원만 인상하도록 하겠습니다. 답장이 없으시면 동의하시는 걸로 알고 있을게요."

그 뒤로도 몇몇 항의 전화를 받았지만, 우리가 원하던 선에서 혹은 1~2만 원을 양보하는 선에서 입실료 인상은 마무리되었다. 다행히 신규 입실자도 빠르게 들어와 인수 한 달 만에 만실 고시원을 만들었다. 꿈에 그리던 월 1천만 원 매출에도 한 걸음 다가간 기분이었다. 하지만 기쁨은 생각보다 크지도, 그리 오래 가지도 않았다. 고시원을 인수하기 전에는 만실만 되면, 돈만 많이 벌면 덩실덩실 춤이라도 추고 싶을 줄 알았는데 말이다.

오히려 이번 일을 계기로 돈의 가치에 대하여 다시 한번 생각해보게 되었다. 단돈 몇만 원이 누군가에게는 삶의 터전을 바꿀 만큼 치명적이고 중대한 일이 될 수도 있다는 사실을 뼈저리게 깨달은 것이다. 참고로 C 영화관 골드클래스 영화 티켓은 한 장에 4만 원이고, 팝콘 콤보는 1만 원이다. 2~3시간 정도의 영화 한 편을 즐기는 데 드는 돈이 5만 원, 둘이 보면 10만 원이라는 소리다. 이렇듯 자본주의 사회에서 돈의 가치는 대체로 불공평하고 상대적이다. 누군가에겐 '달랑 5만 원'이 누군가에겐 '피 같은 5만 원'이 되는 세상. 나도 이제 더 이상 5만 원의 가치를 가벼이 여길 수만은 없을 것 같다. 몇만 원 때문에 핏대를 세우며 고래고래 소리를 지르던 입실자의 마음을 생각하면 말이다.

먹는 음식까지
초라하란 법은 없다

고시원에는 공용 주방이 있다. 4평가량으로 비좁지만 그래도 있을 건 다 있다. 2구짜리 인덕션과 전자레인지 2개, 90리터짜리 냉장고 1개, 10인용 밥솥, 정수기, 그릇 등등. 고시원 주방은 호텔 주방처럼 번쩍번쩍하진 않지만 없어선 안 될 중요한 공간이다. 고시원에 사는 가난한 청춘과 외로운 노인들은 늘 배가 고픈 법이니 말이다.

고시원을 처음 인수했을 때 주방의 상태는 한마디로 '대략난감'이었다. 싱크대에는 여기저기 알록달록한 시트지가 덕지덕지 붙어 있었고, 오랜 세월을 증명이라도 하듯 싱크대 상판은 눅눅한 습기를 먹어 뒤틀려 있었다. 아귀가 맞지 않는 찬장은 문을 여닫을 때마다 끼이이이 괴상한 소리를 냈다. 여기서 밥을 먹으면 그 어떤 진수성찬도 그저 그런 맛으로 느껴질 것 같았다.

아이러니한 것은 주방의 상태가 이렇게나 심각한데도 고시원은 늘 만실로 운영되고 있다는 점이었다. 그러니까 고시원 입실자들은 주방의 상태에 별로 관심이 없다는 뜻이다. 그럼에도 고시원을 인수한 뒤 내가 가장 먼저 손보고 싶었던 곳은 바로 주방이었다. 이유는 단순했다. 고시원은 기본적으로 먹고사는 문제를 해결해주는 곳이기 때문이다.

그런데 계획은 시작부터 난관에 부딪혔다. 청소 이모님이 리모델링에 부정적인 입장을 밝힌 것이다. 의외였다. 주방이 깨끗해지면 가장 먼저 혜택을 보는 사람이 청소 이모님이실 텐데……. 내가 원대한 공사 계획을 늘어놓는 동안 이모님은 인상을 찌푸린 채 고개를 갸웃거렸다.

"아니, 아직 쓸만한데 뭐 하러 돈 들여 수리를 해? 그냥 써 그냥. 초보 원장님이라 잘 모르시나. 여기 사람들은 이 정도면 다 만족하고 알아서 잘 쓴다니까. 다른 곳에 비하면 여기 주방은 호텔이야! 호텔! 에고, 돈 아까워!"

"이모님, 그래도 좀 깨끗해지면 좋지 않을까요? 너무 낡아서 청소해도 티가 안 나요. 다른 곳은 대체 어떻길래……."

정말 고시원에 사는 사람들은 이런 열악한 환경에도 만족하면서 사는 걸까? 아니면 다른 선택지가 없으니 어쩔 수 없이 순응하며 사는 걸까? 하긴 임장 때 보았던 다른 고시원의 주방 상태에 비하면 우리 고시원 주방은 호텔처럼 보이긴 했다.

그래도 나는 포기하지 않았다. 어쨌든 먹고사는 건 정말 중요하니까. 라면을 먹어도 컵라면과 파 송송 계란 탁 끓인 라면은 퀄리티가 다르니까. 물론 많은 비용을 지출할 생각은 없었다. 인터넷에 최저가 싱크대를 검색하니 합판에 코팅지를 부착한 물건들이 쏟아져 나왔다. 그런데 영 예쁘지 않았다. 조금 더 예쁜 거, 그다음엔 조금 더 튼튼한 거, 그다음엔 조금 더 고급스러운 거… 그러다 보니 결국 고시원 공용 주방에는 주인장의 취향이 한껏 반영된 화이트 우드 감성의 싱크대와 찬장이 놓였다. 아뿔싸! 하지만 기분이 나쁘지 않았다. 깔끔한 주방에서 입실자들이 기분 좋게 식사하는 모습을 상상하니 내 배가 다 불렀다.

주방 공간을 화사하게 바꾸자 재미있는 일이 벌어지기 시작했다. 기껏해야 편의점 도시락이나 남은 배달 음식을 전자레인지에 데워 먹는 사람이 대다수였는데, 어느 날부턴가 하나둘 주방에서 요리하는 사람이 생기기 시작한 것이다. 그중 가장 눈에 띄는 사람은 남편과 내가 '요리왕'이라는 별명을 붙여준 청년이었다.

그는 퇴근하고 올 때마다 각종 재료를 싸 들고 와서 고시원 주방으로 두 번째 출근을 하곤 했다. 경쾌한 칼질과 현란한 손목 스냅, 빠르고 정확한 뒤집개 컨트롤까지 그는 마치 레시피가 머릿속에 다 있다는 듯 뚝딱 음식을 만들어냈다. 어느 날은 제육볶음, 어느 날은 오징어볶음, 또 어느 날엔 된장찌개와 계란찜, 비가 오는 날에는 해물파전과 김치전 냄새가 고시원 사람들을 유혹했다.

사실 고시원 원장에게 요리왕은 마냥 달가운 캐릭터는 아니다. 주방을 자주 사용하면 그만큼 음식물 쓰레기가 늘어나고 위생 문제도 더욱 신경 써야 하기 때문이다. 하지만 그런 걱정이 무색하게 그는 뒤처리까지 정말 완벽하게 하는 고수 중의 고수였다. 공용 주방을 본인 집처럼 수시로 쓸고 닦고 하는 통에 오히려 우리는 일거리를 덜었고, 그런 그를 애정하지 않을 수 없었다.

어느 날은 고시원 택배함에 로켓프레시 배달이 잔뜩 와 있었다. 도대체 누가 고시원으로? 자세히 살펴보니 요리왕의 재료들이었다. 싱싱한 호박과 당근, 돼지고기, 국산 콩두부,

심지어 청국장도 있었다. 오늘 저녁은 제육볶음과 청국장인가 보다. 청국장은 냄새가 무척 심할 텐데……. 에잇, 민원쯤들어오면 어떠랴. 매일 아침 점심 저녁 라면만 끓여 먹는 다른 입실자들도 요리왕처럼 맛있게 차려 먹고 힘을 좀 내면 좋으련만.

나중에 친해지고 난 다음에야 알게 된 사실이지만, 그는근처 호텔 주방에서 일하는 진짜 요리사였다. 어쩐지 재료선택부터 정리정돈까지 손이 야무지더라니. 그동안 그가 요리를 해 먹지 않았던 이유는 진짜 주방이 요리하기 싫을 정도로 낡았기 때문이었다. 요리에 진심인 그에게 신입 원장의주방 리모델링은 두 손 들고 환영할 만한 경사였던 것이다.

20대 시절, 고시원보다는 두 배 정도 넓은 작은 원룸에서고향 친구와 함께 살았던 적이 있다. 그 시절 우리는 가난했지만, 퇴근하고 만나면 늘 머리를 맞대고 오늘의 메뉴를 고민하며 함께 장을 보고 저녁밥을 지었다. 달달한 김치볶음밥에 반숙 계란만 얹어 먹어도 너무 맛있어서 연신 친구의 요리 실력을 칭찬했던 기억이 난다. 그리고 그렇게 먹었던 밥심으로 원룸에서 투룸으로, 월세에서 전세로 조금씩 넓혀가며 여기까지 왔다. 돌이켜 보면 힘든 시간이었지만, 오늘날의 나를 만든 건 피곤하고 귀찮아도 나를 위해 열심히 밥을 챙겨 먹던 그 부지런함과 자기애였다.

요리왕은 오늘도 고시원 주방에서 기꺼이 프라이팬을 든다. 그리고 비록 2평 남짓한 비좁은 방이지만 자신만의 공간에서 완벽한 한 끼 식사를 즐긴다. 허름한 곳에 산다고 먹는 음식까지 초라하란 법은 없다. 반대로 근사한 곳에 산다고 삼시 세끼가 늘 산해진미일리도 없을 것이다.

고시원에 살든 고급 아파트에 살든 진정 우리에게 꼭 필요한 것은 따로 있다. 하루에 단 한 번이라도 스스로를 위해 안온한 시간을 대접할 수 있는 나를 향한 애씀. 바로 그 작은 노력이 오늘을 살고 내일을 살아가게 만든다. 그렇게 나 자신에 대한 애정 어린 순간들이 켜켜이 쌓였을 때, 우리는 비로소 좀 더 단단한 마음과 밥심으로 이 세상을 헤쳐나갈 힘과 용기를 얻을 수 있을 것이다.

우리 고시원에
우렁각시가 살고 있습니다

만약 당신이 고시원에 들어오기로 했다면, 좋으나 싫으나 고시원 생활에 적응해야만 한다. 고시원은 기본적으로 공동 생활 시설이기 때문에 지켜야 할 나름의 규칙들이 있다. 예를 들면, 저녁 시간에 긴 통화는 밖에서 해야 한다. 공동 세탁실은 정해진 시간까지만 이용할 수 있고, 건조가 다 된 빨래는 다음 사람을 위해 바로바로 가져가야 한다. 물론 실내 흡연은 절대 절대 금지다.

소음에는 특히 주의가 필요하다. 옆방 사람에게 자신이 무엇을 하고 있는지 일거수일투족을 들키고 싶지 않다면 웬만해선 큰 소리를 내지 않는 것이 좋다. 전화벨은 진동으로 해두면 좋고, 음악을 듣거나 할 땐 반드시 이어폰을 사용해야 한다. 뭐, 이런 소음 문제는 누구나 예상 가능한 부분이기에 길게 얘기하지 않겠다.

처음 고시원에 오는 사람이라면 고시원 생활이 그저 낯설고 두려울 것이다. 그 마음 십분 이해한다. 아무리 고시원이 과거에 비해 여러모로 좋아졌다고는 하지만 고시원은 고시원이니까 말이다. 그러나 살다 보면 자연스레 알게 된다. 몇 가지 규칙만 잘 숙지하고 서로 조금만 배려하면 나름 살만한 곳이라는 사실을 말이다. 고시원에 대한 소문이 아무리 흉해도, 그래봤자 어차피 다 똑같은 인간들이 사는 곳이니 너무 겁먹을 필요는 없다.

일반적인 주거 시설에서는 생각하기 힘든 재미있는 규칙들도 있다. 그중 하나가 바로 밥 당번 시스템이다. 오래전부터 대부분의 고시원에서는 무료로 쌀과 김치, 라면 등의 부식을 제공해왔다. 시리얼과 우유까지 주는 고시원도 있다(물론 고시원에 따라서는 야박하게 아무것도 제공하지 않는 곳도 있다). 그렇다면 매번 고시원 밥은 누가 할까? 우리가 현재 운영하는 고시원 임장을 처음 왔을 때, 공용 주방에 이런 안내문이 붙어 있었다.

'마지막으로 밥을 드신 분은 반드시 밥을 해주세요!'

내가 마지막으로 밥솥에 남은 밥을 먹었다면 다음 사람을 위해 직접 밥을 안치는 게 고시원 주방의 불문율이었던 것이다. 아마도 원장의 수고로움을 덜기 위해 만들어진 셀프 시스템이 아닌가 싶다. 나로서는 참으로 감사한 일이지만, 고시원에 사는 사람들에게는 제법 번거로운 일이다.

그 번거로움 때문에 간혹 웃지 못할 사건이 발생하기도 한다. 밥을 안치기 싫은 사람이 일부러 한 숟가락 정도 밥을 남겨두는 꼼수를 부리는 것이다. 그러면 다음 사람은 밥을 먹지도 못하고 쌀부터 씻어야 한다. 배고픈 사람 입장에서는 정말이지 분통 터질 일이다. 배고플 땐 사람이 더 예민해지지 않는가.

회사 일이 너무 바빠 저녁밥을 거르기 일쑤였던 시절이 있었다. 녹초가 되어 집에 돌아오면 정말이지 숟가락 들 힘도 없었다. 그때 함께 살았던 룸메이트는 나를 위해 늘 밥을 해주곤 했다. 밖에 일이 있을 땐 따끈한 밥과 참치김치볶음을 해놓고 나가기도 했다. 그때마다 나는 감동의 눈물을 흘리며 숟가락을 들곤 했다. 피곤한 몸, 고픈 배, 지친 마음. 그 타이밍에 누군가가 나를 위해서 해놓은 따끈한 밥 한 공기! 그 어찌 감동적이지 않을 수 있을까? 아직도 그때를 생각하면 친구에게 고마운 마음을 감출 수가 없다.

고시원도 마찬가지다. 조금 귀찮아도 쌀과 밥솥을 씻고 취사 버튼을 딱 한 번만 누르면 당신은 그날 매우 힘든 하루를 보낸 누군가의 구세주가 될 수 있다. 그 사람이 오늘 하루를 배부르게 마무리하고 내일을 살아갈 힘을 얻을 수 있다.

다행히 우리 고시원에도 구세주가 한 명 있다. 적어도 하루 두 끼 이상을 고시원에서 해결하는 입실자인데 밥 짓는 실력 또한 수준급이다. 그는 종종 주방에서 구수한 된장찌개를 끓여 고시원 전체를 된장 범벅으로 만들기도 하지만, 밥솥에 먼지 앉을 틈 없이 아침저녁으로 밥을 짓는다. 그의 부지런함 덕분에 고시원 사람들은 매일 따듯한 흰쌀밥을 먹으며 하루를 시작하고 마무리한다. 덕분에 우리 고시원은 밥해놓으라는 주방 안내문을 뗀 지 오래다. 다른 입실자들은 알까? 누군가가 다른 입실자들을 위해 우렁각시가 되어 조용한 선행을 베풀고 있음을 말이다.

고시원을 운영하면서 사람과 사람 사이에 마음을 나누는 방식에도 여러 가지가 있음을 배운다. 말뿐인 인사치레, 마음에 없는 칭찬, 습관적으로 짓는 웃음은 보기에 좋고 듣기에도 좋다. 하지만 이는 이해관계로 엮인 사람들을 위한 소통 방식이다. 비좁은 공간에서 얇은 벽 하나를 사이에 두고 사는 고시원 사람들에겐 어울리지 않는다. 기침 소리조차 조심스러운 고시원에서는 굳이 큰 소리로 반갑게 인사를 나누고 떠들지 않아도 괜찮다. 그저 다음 사람을 위해 정해진 규칙을 지키고 밥을 안치는 아주 작은 친절과 배려면 충분하다. 뒤에 오는 사람이 문에 부딪히지 않도록 문고리를 잡고 잠시 기다려 주듯이 말이다. 그 마음이 전해지고 또 전해지다 보면 분명 고시원도 조용하고 아늑한 살기 좋은 나만의 공간이 되지 않을까.

아름다운 사람은
머문 자리도 아름답다는 거짓말

'나 홀로 쓰레기 고시원에 여덟 살 아이 혼자서 4개월……
도대체 무슨 일이?'

고시원을 운영하기 전에는 전혀 눈에 띄지 않던 기사들이
고시원 원장이 된 뒤부터는 눈에 띄기 시작했다. 2023년 4월,
쓰레기 더미 고시원 방에서 긴급 구조된 여덟 살 아이의 사
건이 세상을 떠들썩하게 했다. 일 년 전쯤 중국 국적의 아빠
가 아이와 함께 서울 구로구의 한 고시원에 입실하였고, 여
덟 살 난 아이는 넉 달간 쓰레기 더미 방에서 거의 혼자 지냈
다고 한다. 기사 내용 중에는 아래와 같은 고시원 관계자의

인터뷰가 실려 있었다.

"애가 혼자, 24시간 혼자 있으니까. 밖에 나가지도 않고 밥은 하루에 한 끼 앱으로 시켜주고. 내가 애를 봤는데 애가 눈동자에 초점이 없어."

고시원 원장이 눈여겨본 덕분에 아이는 다행히 큰일이 생기기 전에 쓰레기 더미 방에서 구출될 수 있었고, 학교도 다닐 수 있게 되었다고 한다. 정말 다행이다. 만일 고시원 원장이 눈치채지 못했다면 지금쯤 그 아이는 어떻게 되었을까? 쓸쓸한 별이 되었을 수도 있다. 고시원을 운영하는 사람으로서 이런 일은 이제 절대 남의 일이 아니다. 언제든 내가 운영하는 고시원에서도 생길 수 있는 일이다. 고시원을 운영하면서 유독 악취에 신경이 곤두서는 이유다.

고시원을 운영하다 보면 별의별 일이 다 있게 마련이다. 그중 흔하게 마주하는 사건이 바로 쓰레기방을 만나는 것이다. 고시원 방은 입실자가 들어오면 고시원장이 들어가서 확인할 방법이 없다. 계약서에 도장을 찍는 순간부터 그 방은 온전히 입실자의 개인 공간이기 때문이다. 고시원장은 입실자가 퇴실하고 난 다음에야 그 방을 볼 수 있는데, 들어갈 땐 분명 말끔한 호텔방이었으나 나올 땐 처참한 쓰레기 소굴이 되는 경우가 간혹, 아니 생각보다 자주 있다. 상황이 이렇다 보니 몇몇 원장님은 정기 방역을 핑계 삼아 입실자 동의하에 주기적으로 방문을 개방하고 소독을 실시하기도 한다.

고시원 원장님들이 모인 커뮤니티에서는 쓰레기 테러를 당하고 하소연하는 글이 한 달에 한 번꼴로 올라온다. 차마 눈에 담기도 힘든 처참한 방 사진과 함께. 운영 초기에는 어떻게든 그런 상황만은 피해 보고자 입실자들을 가려 받기도 했다. 예를 들면 되도록 젊고 번듯한 직장인이나 방에서 생활하는 시간이 적은 사람들, 잠만 잘 것 같은 사람들, 말투나 옷차림이 말끔한 사람들로 방을 채우기 위해 나름대로 자체 심의제를 운영했다는 말이다. 하지만 그런 노력이 부질없는 짓임을 깨닫는 데에는 그리 긴 시간이 필요치 않았다.

우리에게 잊지 못할 추억을 남겨준 그 입실자는 참 잘생긴 청년이었다. 하얀 피부를 가진 그는 옷도 스타일리시하게 잘 입었다. 어쩌다 마주치면 환하게 웃으며 "안녕하세요. 원장님, 수고가 많으십니다." 하며 부드럽게 인사를 건넬 줄 아는 기특한 친구였다. 고백하자면 사실 나는 속물스럽게도 그 친구의 외모와 싹싹함에 반해 그 친구가 찾아왔을 때 묻지도 따지지도 않고 두 팔 벌려 환영했다.

근처에서 아르바이트를 하며 재취업을 준비하던 그 청년

은 6개월 정도 머물렀던 것 같다. 그런 그가 원하던 취업에 성공해 짐을 뺀다고 했을 때 나와 남편은 우리 일처럼 기뻐했다. 게다가 그는 그동안 감사했다며, 이렇게 잘되서 나가는 건 우리 덕분이라며 보증금도 돌려받지 않겠다고 했다. 세상에나! 보증금 환급을 안 받겠다니. 나는 진실로 감동했다. 잘생긴 얼굴만큼이나 마음씨가 착한 친구로구나. 역시 내가 사람 보는 눈이 좋다며 내심 호들갑을 떨었다.

참고로 고시원의 경우 일반 원룸처럼 큰 금액의 보증금은 받지 않고 5~10만 원 정도만 받는다. 퇴실할 때 특별한 하자가 없으면 보증금을 환급해주는 식이다. 그런데 간혹 지금처럼 감사 인사를 하며 보증금을 안 받겠다 하는 경우가 있다. 물론 입실자가 그렇게 얘기해도 당연히 돌려주어야 할 돈이기에 대부분 환급해주지만, 좋은 서비스를 제공했다는 생각에 이런 이야기를 들으면 굉장히 뿌듯하다.

하지만 며칠 뒤, 그가 살던 방을 확인했을 땐 한동안 선 채로 움직일 수가 없었다. 보증금을 돌려주기는커녕 배상을 받아야 할 정도로 방 상태가 엉망진창이었다. 한쪽 벽은 전체가 누렇게 변색되어 있었고 바닥은 온갖 쓰레기로 발 디딜틈이 없었다. 그야말로 텔레비전에서 아니, 고시원 커뮤니티에서 사진으로만 접하던 처참한 쓰레기 소굴이었다. 더욱더

참을 수 없었던 것은 찌든 내였다. 고시원 특성상 환기가 쉽지 않지만, 그래도 정말이지 뭐라 형언할 수 없는 악취가 풍겼다. 각종 배달 음식에 꼬인 날파리와 곰팡이꽃의 콜라보는 보는 것만으로도 속이 메스꺼웠다.

젠장! 배신자, 배신자, 배신자…… 악! 전화해서 욕을 한 바가지 퍼부을까? 당장 다시 와서 청소해놓으라고 할까? 몇 배의 돈을 물어내라고 할까? 너무 분해서 오만가지 생각이 다 들었다. 청소를 하면 할수록 화가 치밀었다. 내가 무슨 부귀영화를 누리자고 고시원 원장이 돼서 이런 꼴을 본단 말인가. 급후회가 밀려왔다.

그러나 코끝에 송골송골 맺힌 게 땀인지 눈물인지 분간할 수 없을 정도의 시간이 지나자 문득 깨달음이 찾아왔다. 이 모든 게 자업자득이다. 더러운 꼴, 험한 꼴 보고 싶지 않은 마음에 눈에 보이는 외모, 젊음, 경제력, 옷차림 등등 말 같지도 않은 기준을 가지고 섣불리 사람을 판단하려고 한 자체가 잘못이다. 내가 뭐라고 누군가를 쉽게 판단하고 걸러낼 수 있다고 자만한 것일까? 내 아둔함에 헛웃음이 났다. 오랜 시간 외모지상주의를 칭송하고 자본제일주의로 살아온 나란 사람은 어느새 편견으로 똘똘 뭉친 오만한 심사위원이 되어 있었던 것이다.

며칠 뒤 가깝고도 먼 나라 일본에서 건너온 여성 입실자도 퇴실을 했다. 남자만 바글거리는 우리 고시원에 몇 안 되는 여성이었고, 무려 장기 거주 고객이었다. 털털한 행색처럼 불평불만 없이 조용히 지내던 그녀였기에 아쉬운 마음이 컸다. 하지만 한편으론 그녀의 방이 얼마나 지저분할지 덜컥 겁부터 났다. 나는 아직 쓰레기방의 충격에서 벗어나지 못한 상태였다.

그런데 그녀의 방 상태를 확인하고는 또 한 번 선 채로 한동안 움직일 수 없었다. 그녀의 방은 사람이 살던 방이 맞는지 의심이 갈 정도로 매우 깔끔한 상태였다. 처음 입실할 때 그 모습 그대로였다. 아니 그때보다 더 깨끗했다. 혹시나 하는 마음에 청소 이모님께 전화를 걸었다.

"안녕하세요. 이모님, 혹시 오늘 일찍 오셔서 퇴실자 방 청소하셨어요?"

"네? 무슨 소리예요? 아직 신발도 안 신었는데."

"정말요?"

이 방이 그녀가 살았던 방은 맞는 거지? 나와 남편은 그녀가 퇴실할 때의 모습을 CCTV로 확인해보기로 했다. 영상 속 그녀의 마지막 모습은 또 한 번 신선한 충격을 안겨주었다. 그녀는 양손 가득 짐들을 한쪽에 내려놓고는 두 손을 가지런히 가슴에 모은 채 방문 앞에 잠시 서 있었다. 그러고는 자신이 묵었던 방을 향해 머리를 깊이 숙이고 마지막 인사를 했다. 긴 시간 동안 자신의 보금자리가 되어준 텅 빈 방 앞에 서서 그녀가 어떤 말을 남겼을지 궁금했다.

'これまでありがとうございました.

그동안 고마웠습니다.'

좁은 2평짜리 공간이었지만 제게 편안한 휴식처를 제공해 줘서 고맙습니다. 덕분에 무탈하게 지내다가 떠납니다. 이곳에 오는 모든 사람에게 행운이 깃들길 바랍니다. 아마도 이런 이야기가 아니었을까? 왠지 그녀의 가만가만한 목소리가 귓가에 울려 퍼지는 것 같았다. 소리 없는 CCTV 화면을 바라보는 우리 부부의 입가에도 어느새 옅은 미소가 번졌다.

어쩐지 반성문을 써야 할 것 같은 날이었다. 어설픈 심사 위원 노릇을 하며 사람을 함부로 판단하려 한 죄, 잘 꾸미는 청년을 과대평가하고 털털한 그녀를 과소평가한 죄. 스스로의 편견과 오만함을 모르고 살아온 아둔함에 관한 반성문을 말이다. 마지막으로 쓰라린 이별의 추억을 안겨준 그 청년에게 남기고 싶은 말이 하나 있다.

아름다운 사람은 떠난 자리도 아름답다고 하더이다. 보고 있나, 잘생긴 청년?

날고 싶은 기러기 아빠 윤 씨 ①
– 제가 정말 이럴 사람이 아닌데

우리 고시원에는 중년의 입실자가 몇 있다. 윤 씨는 그 가운데 한 명이었다. 그는 쥐색 또는 남색 정장에, 좋게 말하자면 레트로 감성이 가득한 빨간색, 파란색 줄무늬 넥타이를 즐겨 매는 직장인이었다. 오래 신어 뒷굽이 해진 검은색 구두와 네모난 서류 가방을 들고 아침 8시면 출근길에 나서는 윤 씨는 누가 봐도 흔한 중년 남성으로 그다지 눈길을 끄는 스타일은 아니었다. 그런 그가 한번은 예상치 못한 민원을 넣은 적이 있다. 내용은 대략 이러했다.

"원장님, 공용 공간인 복도에서 신발을 신고 다니는 사람들이 많습니다. 저는 맨발로 다니는데 말이죠. 본인 집이면 저렇게 신발 신고 다니겠습니까? 발자국 좀 보십쇼! 주의를 좀 주셨으면 좋겠습니다. 사진을 첨부합니다."

그의 말은 100퍼센트 사실이었다. 사진 속 복도에는 지저분한 발자국이 여기저기 찍혀 있었다. 나는 고개를 갸우뚱했다. 우리 고시원을 위해 애써주는 일은 감사하지만, 대부분은 이런 일로 민원을 넣지 않는다. 굳이 민원을 넣을 만큼 화낼 필요성을 못 느끼거나 괜한 수고로움을 느끼고 싶지 않기 때문이다. 그런데 그는 굳이 현장 사진까지 찍어서 민원을 넣고 시정을 요구했다. 유별난 성격을 가진 사람이구나 싶었다. 그럼에도 나는 그가 꽤 괜찮은 사람이라고 판단했다. 그 증거는 2년간 단 한 번도 밀린 적 없이 꼬박꼬박 입금되어 온 입실료 명세서였다. 고시원 원장에게 그보다 더 확실한 증명 서류가 또 어디 있으랴. 우리는 그 증명서를 믿어 의심치 않았다.

추적추적 비 내리던 어느 날이었다. 늘 흐트러짐 없이 회사와 고시원을 오가던 윤 씨는 그날따라 어디서 거나하게 막걸리를 걸쳤는지 새벽녘이 되어서야 비틀거리며 귀가했다. CCTV 너머로 보이는 그의 뒷모습이 어찌나 애처로운지 하마터면 나도 모르게 혼잣말로 위로를 건넬 뻔했다. 카카오톡 프로필 사진 속에서 그는 예쁜 딸아이와 미모의 와이프를 옆에 둔 채 활짝 웃고 있었다. 그러나 현실은 화목한 가족사진과 달리 고시원에서 홀로 살아가는 기러기 아빠였다.

'윤 씨한테 혹시 무슨 안 좋은 일이라도 있는 건가? 저런 모습은 처음 보네.'

당연히 CCTV 너머로는 아무런 대답도 들을 수 없었지만, 나는 마치 그가 듣기라도 하는 듯 혼잣말을 중얼거리며 한참을 지켜봤다. 술에 취한 그가 무사히 비밀번호를 누르고 방으로 들어가는 모습까지 확인한 뒤에야 안심하고 잠을 청했다. 그리고 대수롭지 않게 넘긴 그날의 모습이 훗날 끈질긴 악연을 예고하는 전초전이었음을 깨닫기까지 걸린 시간은 생각보다 길지 않았다.

그로부터 일주일 뒤, 입실료 통장에 당연히 찍혀 있어야 할 그의 이름이 없었다. 단 한 번의 미납도 없던 성실 납부자인 윤 씨가 그럴 리 없는데…… 아마도 날짜를 헷갈린 거겠지. 하루 이틀 정도는 잠자코 기다려 보기로 했다. 그렇게 하루 이틀 사흘이 지났지만 입실료는 여전히 입금되지 않았다. 혹시나 하는 마음에 조심스레 먼저 문자를 보냈다.

"안녕하세요. 고시원 원장입니다. 이번 달 입실료가 입금되지 않아 연락드렸습니다. 확인 부탁드립니다. 혹시 무슨 일이라도 생기신 걸까요?"

하지만 윤 씨는 며칠째 문자도 전화도 받지 않고 묵묵부답이었다. 이쯤 되니 슬슬 화가 치밀기 시작했다. 고시원에서 내가 사람들의 신뢰도를 결정하는 가장 객관적이고 믿음직한 지표는 그 사람의 외모도 성격도 아니었다. 오직 꼬박꼬박 입금되는 입실료였다. 그것은 입실자들이 무사히 살아 있다는 명백한 증거이자 나의 밥줄이었다. 그러므로 돈도 보내지 않고 연락도 안 받는다는 건 고시원 원장에게 매우 중대한 사안이었다. 아니, 있어선 안 되는 일이었다.

나는 포기하지 않고 하루에 한 번 문안 인사를 하듯 끈질기게 전화를 걸고 문자를 보냈다. 드디어 그가 응답했다.

"죄송합니다. 원장님 제가 지금 엄청난 위기 상황에 부닥쳤거든요. 딱 일주일만 시간을 더 주시면 꼭 해결해드리겠습니다."

짧은 문자였지만 뭔지 모를 다급함이 느껴졌다. 도대체 그에게 무슨 일이 생긴 것일까? 혹시 요즘 유행하는 비트코인 투자로 전 재산을 날린 건 아닐까? 직장에서 쫓겨난 건 아니겠지? 꼬치꼬치 캐묻고 싶었지만 그 정도로 친밀한 사이는 아니었다. 추적추적 비 내리던 날, CCTV 너머에서 비틀거리며 방문 손잡이를 돌리던 그의 쓸쓸한 뒷모습이 다시금 떠올랐다.

"네. 무슨 일인지 모르겠지만 잘 해결하시길 바라고 다음 납기일은 꼭 지켜주시기를 바랍니다."

나는 최대한 감정을 배제한 채 무미건조한 말투로 답했다. 그동안 자초지종 설명도 없고 연락도 피했다는 생각에 무척 화가 났지만, 아무래도 가장 힘든 건 당사자였을 것이다. 그래, 누구나 실수를 하게 마련이니까. 그는 2년 동안 꼬박꼬박 성실히 월세를 납부한 입실자니까. 마지막 희망을 버리기엔 아직 일렀다.

"감사합니다, 원장님. 제가 정말 이런 사람이 아닌데……
진짜 죄송합니다. 다음 주에 꼭 입금하겠습니다."

그의 진심이 문자를 통해 느껴졌다. 나는 휴대전화를 책상 위에 올려두고 고시원 원장 커뮤니티에서 읽은 미납자 관리 매뉴얼을 떠올렸다. 그건 이미 산전수전공중전을 모두 겪은 선배 원장들로부터 구전되어 내려오는 노하우 같은 것이다.

첫째, 입실료를 3일 이상 미루면 무조건 강제 퇴실 조치할 것.

둘째, 다음 달 입실료는 말도 안 되는 금액으로 인상될 예정임을 알릴 것.

셋째, 그래도 나가지 않으면 짐 보관료와 추가 연체료를 징수하고 도어록 비번을 바꿀 것.

넷째, 법적인 조치를 취할 예정임을 알릴 것.

다섯째, 최후의 수단으로 옥상으로 끌고 가서 먼지 나게 짹을 날리고 혼내줄 것.

나는 이미 첫 번째 단계를 어겼다. 하지만 그는 누군가의 남편이자 아버지로서 최선을 다하기 위해 엄청난 무게를 견뎌내고 있다. 나는 월수입 1천만 원을 만들기 위해 그의 월세가 필요하지만, 그는 그 월세 35만 원 때문에 생존에 위협을 느낄 수 있다. 나와 남편 역시 고시원 원장이기 이전에 두 아이를 둔 부모다. 우리 남편이 기러기 아빠였다면… 가족들과 떨어져 홀로 고시원에 살면서 버는 돈을 족족 가족에게 보내느라 궁핍하게 살고 있다면… 나는 과연 냉정하게 그의 먹살을 잡고 옥상으로 끌고 갈 수 있을까?

생각이 많아지는 밤이었다.

날고 싶은 기러기 아빠 윤 씨 ②

– 제발 당첨되게 해주세요

"딱 사흘 드리겠습니다. 진짜 진짜 마지막입니다! 이번엔 정말 짐 싸셔야 할 거예요. 저희도 땅 파서 장사하는 건 아니잖아요."

나는 결국 기러기 아빠 윤 씨에게 최후통첩을 날렸다. 자세한 사연은 모르겠지만 같은 부모로서 그에게 잠시나마 연민을 느꼈다. 하지만 약속한 날짜가 지나자 조바심이 눈덩이처럼 불어나기 시작했다. 결국 한계가 왔다. 내 아무리 맘씨 좋은 고시원 원장이라지만 엄연한 자영업자인데 먹고는 살아야 할 것 아닌가?

공과 사를 구별하지 못하고 괜한 동정심으로 일말의 여지를 준 게 실수라면 실수였다. 딱 일주일만 더 달라던 윤 씨는 차일피일 월세를 미루어왔다. 그런데 더욱 속 터지는 점은 교묘하게도 찔끔찔끔 납부를 해서 내가 이러지도 저러지도 못하게 한다는 것이었다. 처음 약속한 일주일이 지나자 윤 씨는 월세 35만 원 중 10만 원을 입금했다.

"제가 지금 여러 방면으로 해결을 해보려고 하고 있습니다. 일단 일부라도 입금할 테니 조금만 더 사정을 봐주시면…… 안 될까요?"

매번 이렇게 말하고는 다시 약속한 일주일이 지나면 남은 25만 원 중 15만 원만 입금하는 식이었다. 아예 몰염치하게 구는 것도 아니고 확실히 매듭을 짓는 것도 아니고, 그렇게 몇 주에 걸쳐 조금씩 돈을 입금받으며 희망 고문을 당하는 사이 다음 달 납기일이 돌아와 10만 원이었던 미납금은 45만 원이 되었다. 정말 돈이 없어서 그런 건지 아니면 엉뚱한 곳에다 쓰고 고의적으로 최소한의 금액만 입금하는 것인지 도통 알 수가 없었다. 만일 윤 씨가 계산적으로 그런 행동을 하고 있는 거라면 마음 약한 초보 원장을 이용하는 교활한 사기꾼임이 분명했다.

카카오톡 프로필에 걸어둔 행복한 가족사진, 촌스럽긴 하지만 깔끔한 차림으로 매일 규칙적으로 오가는 회사, 그간

꼬박꼬박 내던 입실료를 증거로 나는 윤 씨를 가슴 시린 사연을 가진 착한 가장으로 믿어왔다. 불과 얼마 전까지만 해도 늦은 밤 술에 취해 비틀거리던 그의 뒷모습을 안쓰럽게 바라보던 나였다. 하지만 윤 씨에 대한 긍정적 평가와 온정 넘치는 시선은 입실료 미납이라는 사건을 계기로 180도 뒤집혔다.

지금껏 내가 그 사람의 정확한 속사정도 알지 못하면서 꽤 착실한 가장으로 지레짐작하고 있었던 것은 아닌지 의구심마저 들었다. 만약 외도로 인해 쫓겨난 거라면? 사업한답시고 집안을 거덜 내놓고 도망치듯 나와 사는 거라면? 투자 사기를 당해 전 재산을 날려 먹고 혼자 맘 편히 지내고 있는 거라면? 별의별 생각이 다 들기 시작했다. 만일 윤 씨가 제때 돈을 입금했다면 나는 그를 여전히 꽤 괜찮은 사람으로 생각하고 있었을 것이다. 역시 돈 앞에 장사 없다. 자본주의 사회에서 돈은 곧 신용이다. 속물스럽게도 나의 마음은 이미 연민이 아닌 증오와 의심으로 가득 차 있었다.

윤 씨에 대한 이야기를 하다 보니 생각나는 사람이 있다. 배달 아르바이트를 하던 20대 초반의 입실자였다. 참고로 아르바이트를 하며 고시원에 사는 20, 30대의 젊은이들은 30~40만 원대의 가성비 룸을 선호하는 편이다. 50만 원 이상의 중간 방 또는 가장 넓은 방에 사는 입실자들은 회사에 다니는 직장인이거나 부모님의 뒷바라지를 받는 수험생인 경우가 많다. 그런데 지방에서 올라와 배달 아르바이트를 하던 그는 우리 고시원에서도 꽤 비싼 방에 속하는 50만 원짜리 방에 살고 있었다. 배달 기사 수입이 꽤 쏠쏠했나 본데, 때마침 코로나로 인해 배달 음식을 선호하는 현상이 두드러지면서 배달 전문점들의 매출이 쭉쭉 올랐고, 배달 기사들의 수입도 늘어나 연봉 1억 원에 달한다는 기사가 쏟아지고 있었다. 하지만 코로나가 한풀 꺾이자 해방을 갈구하던 사람들이 하나둘 밖으로 쏟아져 나오기 시작했고 배달 업종의 인기는 금세 시들해졌다. 꼬박꼬박 입실료를 내던 배달 청년도 그 무렵부터 슬슬 월세를 밀리기 시작했다.

나는 이미 윤 씨 사건을 겪으며 미납이라면 이골이 난 상태였으므로 배달 청년에게는 그 어떤 신뢰나 희망도 걸지 않았다. 쓸데없는 동정심이나 연민도 가지지 않았다. 그렇게 점점 피도 눈물도 없는 고시원 원장이 되어가고 있었지만, 윤 씨 때와 마찬가지로 우리는 여전히 앞날이 창창한 젊은 청년의 멱살을 잡지는 못하였다. 윤 씨도 배달 청년도 머릿속으로는 백 번도 넘게 멱살을 잡고 흔들었지만 말이다. 결국 그 청년은 얼마 지나지 않아 90만 원가량의 미수금을 남긴 채 작별을 고했다.

"고향으로 내려가야 할 거 같아요. 그동안 사정 봐주셔서 감사합니다. 남은 돈은 늦더라도 꼭 입금해드릴게요. 정말 면목 없습니다."

"그래요. 어느 쪽으로 가요?"

"목포요. 어머님 혼자 계시는 본가로 가려고요."

"네, 잘 가세요. 가셔서 자리 잡으시면 서로 얼굴 붉히는 일, 내용 증명 보내는 일 없게 좀 부탁드릴게요."

아무런 효력도 없는 내용 증명을 보내겠다는 싱거운 협박을 하며 우리는 차디찬 이별을 했다.

윤 씨에게 최후통첩을 보내고 며칠이 지난 어느 날이었다. 이른 아침 고시원에 들러 주방 청소를 하는데 공용 식탁에 검은색 찌꺼기 같은 것이 연필심 가루처럼 굴러다녔다. 무엇인지 짐작조차 할 수 없는 이 불쾌한 이물질의 정체를 알아내기 위해 CCTV를 돌려봤다. 벌레라면 일이 커지기 전에 방역업체를 부를 참이었다.

지난밤 공용 주방을 마지막으로 이용한 사람은 다름 아닌 윤 씨였다. 윤 씨는 한껏 어깨를 웅크린 채 식탁에 앉아 무언가를 열심히 쓰고 있는 듯 보였다. 설마 사죄의 편지를 남기고 야반도주라도 하려는 것인가 싶어 집게손가락을 휘휘 저으며 화면을 최대한 크게 확대했다. 그리고 그 편지의 정체를 확인한 순간, 그만 헛웃음이 터지고 말았다. 윤 씨가 심각한 얼굴로 최선을 다해 복권을 긁고 있었던 것이다. 수상한 검은 가루의 정체는 그의 절박한 심정이 담긴, 아직 잡지 못한 행운의 잔해물로 판명 났다. 어려운 상황 속에서도 희망을 잃지 않는 정신력을 높이 사야 할지, 나가서 아르바이트를 해도 모자랄 판에 복권이나 긁고 있는 뒤통수에 욕을 퍼부어야 할지 혼란스러웠다. 하지만 어쩐지 새어 나오는 웃음을 참을 수가 없었다.

'그래. 벌레 사체가 아니라서 참 다행이다. 방역 업체는 안 불러도 되겠네.'

윤 씨가 복권을 긁을 정도로 엄청난 희망을 가지고 있으니, 나에게도 아직은 희망이 있었다.

한편, 배달 청년은 그사이 세 번에 걸쳐 80만 원을 보내왔다. 아직 10만 원의 미수금이 남았지만 더 이상 받지 않기로 했다. 믿었던 누군가는 한가롭게 복권이나 긁고 있는데, 일말의 기대도 없었던 배달 청년은 끝까지 노력해주었기에 되레 고마운 마음이 들었다. 아, 어쩐지 윤 씨와의 이 징글징글한 인연이 쉽게 끊어질 거 같지 않은 예감이 들었다. 내가 할 수 있는 일이라고는 그의 복권 당첨을 애타게 기원하는 것뿐이었다.

하느님, 제발 윤 씨 복권 좀 당첨되게 해주세요. 제발요!

날고 싶은 기러기 아빠 윤 씨 ③
– 최소한의 양심과 자존심

 슬픈 예감은 왜 틀리지 않는 걸까. 윤 씨는 복권에 당첨되기는커녕 10개월이 넘도록 불량 연체자 명단에 들었다. 그는 늘 우리가 돈을 달라고 하기도 전에 선수를 쳤다.

 "원장님, 이번 달은 50만 원 중 30만 원 먼저 입금하겠습니다."

 "아니, 도대체 언제까지…… 자꾸 이러시면 곤란합니다. 나머지는 정말 언제까지 주실 건가요?"

 "나머지는 2주 후에…… 반드시……."

 "계속 이렇게 하실 거면 돈 안 주셔도 되니까 제발 나가주세요."

으름장을 놓아도 효과가 없고 오히려 되돌아오는 대답이 더욱 가관이었다.

"원장님, 저 정말 그런 사람 아닙니다. 제가 돈을 다 갚을 때까지는 절대 한 발자국도 안 움직일 겁니다. 사람이 의리가 있지요!"

"휴, 의리 같은 거 안 지키셔도 됩니다. 제발요!"

윤 씨가 우리에게 가장 자주 하는 말은 '저 그런 사람 아니에요'였다. 이 소리를 넉넉잡아 백 번 정도는 들은 것 같다. 늘 자신은 그런 사람이 아니라고 말하는 윤 씨. 그는 대체 어떤 사람인 걸까?

아마도 윤 씨는 자신을 타인과의 약속을 잘 지키는, 의리와 신뢰를 중요시하는 정직한 사람이라고 말하고 싶을 것이다. 나갈 때 나가더라도 반드시 돈을 지불하고 제 발로 당당히 걸어 나가는 사람. 그러나 지금 그의 모습은, 냉정하게 말하자면 입실료를 매번 미루며 2주 후에 갚겠다는 거짓말을 반복하는, 고시원에 사는 처량한 중년 남성일 뿐이었다.

하루에도 열 번씩 측은한 마음과 괘씸한 마음이 오락가락했다. 그러다 보면 어느새 벌써 다음 달 납기일이 코앞에 와 있었다. 어김없이 돌아온 윤 씨의 월세 납부일. 이번에도 윤 씨가 먼저 선수를 쳤다.

"원장님… 저기 혹시 전입 신고 가능할까요?"

"월세를 완납해야 전입 신고도 할 수 있죠. 계속 미납하시면서 전입 신고라니요?"

월세를 제때 못 받는 것도 화딱지가 나는데, 한술 더 떠 전입 신고까지 해달라니. 원칙상 전입 신고는 가능한 일이지만 상황이 이러하니 순순히 해줄 순 없는 노릇이다. 뒤이어 그는 궁금하지도 않은 개인 사정을 구구절절 늘어놓기 시작했다.

"사실은 아내랑 이혼 소송 중이에요. 주소지를 빼달라고 하네요."

"……."

어쩐지 얼마 전부터 분리 수거장에 소주병이 눈에 띄게 많이 쌓여 있더라니. 순간 측은한 마음이 들어 하마터면 'OK!'를 외칠 뻔했다. 이혼이라니. 요즘 같은 세상에 이혼이 대수는 아니지만 윤 씨 입에서 이혼이라는 단어를 직접 듣게 될 줄이야. 마음이 착잡했다. 안타까운 사정은 알겠지만 그래도 원칙상 미납자는 전입 신고를 해줄 수 없다고 못 박았다.

다행히 며칠 뒤 마주친 그의 모습은 평소와 다름없이 평온해 보였다. 적어도 겉으로는 그랬다. 이혼 소송 중이라는 이야기를 듣기 전이었다면 밀린 미납금 이야기를 먼저 꺼냈을 텐데 밤마다 유튜브를 안주 삼아 병나발 불고 있을 처량한 모습을 상상하니 차마 입이 떨어지지 않았다. 당분간은 퍼붓고 싶은 말이 있어도 꾹 참기로 했다. 그에 대한 내 마음도 고쳐먹기로 했다. 다른 사람을 바꿀 순 없지만, 온전히 내 소유인 마음은 바꿀 수 있다. 사실 그것이 문제를 벗어나는 가장 쉬운 방법이기도 했다.

'그래, 돈을 아예 안 내는 것도 아닌데. 한 달에 20~30만 원 적게 들어온다고 해서 내 인생에 중대한 타격이 있는 것은 아니지 않은가. 조금만 더 너그럽게 굴기로 하자.'

인생사 마음먹기 달려 있다고 했던가. 그전까지만 해도 윤 씨 생각을 하면 가슴이 답답하고 얼굴이 붉으락푸르락 달아올랐는데 마음을 달리 먹고 나니 이상하리만큼 아무렇지도 않았다. 물론 윤 씨를 전적으로 믿는 것은 아니었다. 돈을 다 받아낼 수 있을 것이라는 믿음이나 기대 자체를 내려놨다고 하는 편이 맞을 것이다.

누군가에게 기대를 받는다는 것은 여러모로 의미 있는 일이다. 그만큼 나라는 사람이 누군가를 기쁘게 할 수 있다는 것이고, 더 나은 사람으로 성장할 수 있다는 뜻이기 때문이다. 세상 누구도 내게 희망을 가지지 않는다고 상상해보라. 너무나도 절망적인 일이 아닐 수 없다. 어렸을 적에 부모님께 혼이 날 때마다 가장 듣기 싫었던 말 중 하나가 '너한테 정말 실망했어'였다. 친구 사이에서도 연인 사이에서도 마찬가지였다. '너한테 실망했어'라는 말은 '나 너 싫어'라는 말보다 더 큰 상처가 되어 돌아왔다. 실망이라는 단어는 앞으로 그동안 주었던 관심을 거두고 더 이상 기대하지 않겠다는 말이나 다름없으니까.

그런 사람이 아니고 싶지만, 이미 그런 사람이 되어버린 윤 씨. 어쨌든 나는 더 이상 윤 씨에게 기대를 하지 않기로 했다. 그러자 놀랍게도 몇십만 원이었던 미납금은 금세 150만 원까지 늘어났다. 그리고 어떻게 해도 더는 수습할 수 없을 정도가 되었을 때, 그는 현찰 100만 원을 책상 위에 올려두고 홀연히 떠났다.

다행인 사실은 그에 대한 우리의 기억이 마냥 나쁘지만은 않다는 것이다. 그가 단순히 돈만 남겨두고 떠났다면 우리는 윤 씨에 대해 인간적인 배신감마저 느꼈을 것이다. 하지만 그는 그동안 고마웠다는 인사가 적힌 쪽지와 전통주 한 병을 더 두고 떠났다. 못난 사람 같으니라고. 그렇게 떠난 그가 밉기도 하지만 한편으로는 마지막까지 최소한의 양심과 자존심을 지키고자 했던 점이 고맙기도 하다.

부디 어디에서든 잘 지내시길.

제3장

오늘 하루를 치열하게
사는 것만으로도

저희 고시원
사실 별로예요

고시원에는 보통 여자보다 남자가 많이 산다. 여성 전용 고시원도 존재하지만, 일반적인 고시원에서는 남성의 비율이 훨씬 높은 편이다. 우리가 운영하는 고시원도 90퍼센트 이상이 남성 고객이다. 아마 공동생활을 해야 하는 고시원의 특성상 여성들은 되도록 독립적인 원룸이나 오피스텔을 선호하고, 남성들은 약간의 불편함을 감수하더라도 가성비 높은 고시원을 택하는 게 아닐까 싶다.

그럼에도 우리는 초반에 여성 고객을 유치하려고 꽤 많은 공을 들였다. 시커먼 남자들만 득실거리는 고시원 분위기가 영 마음에 들지 않았기 때문이다. 또 남성들보다는 여성들이 방을 더 깨끗하게 써서 유지 보수에 도움이 될 거라는 판단도 있었다. 이런 생각을 하게 된 데에는 앞에서 얘기했던 잘생긴 청년 사건도 한몫했다. 그때 받았던 충격이 두고두고 기억에 남아 또 다른 선입견을 만든 것이다.

하지만 여성 고객들을 유치하기란 쉽지 않았다. 문의는 오는데 계약까지 이어지지 않았다. 도대체 뭐가 문제일까? 한참 고민하던 우리는 첫인상이 중요하다는 결론을 내렸다. 눈에 들어오지 않으면 들리지 않고, 들리지 않으면 보이지 않는 게 세상의 이치 아니던가.

그 첫 번째 조치로 포털사이트 〈네이버〉에 올라간 고시원 썸네일을 변경했다. 〈네이버〉에서 특정 지역명과 고시원을 검색하면 업체 정보가 쭉 나오는데, 도저히 클릭하지 않고는 못 배기는 멋진 사진을 찍어서 대표 이미지로 내건 것이다. 효과는 즉각적이었다. 〈오늘의 집〉 사이트에 나올 법한 예쁜 사진을 보고 여성 고객들의 문의가 폭발적으로 늘었다. 그전까지는 열에 한두 명 정도가 여성 고객 문의였다면 이젠 절반 정도가 여성 고객이었다. 그렇게 몇 명의 여성 입실자가 고시원 가족이 되었다.

그리고 몇 달 뒤 우리는 중요한 사실을 깨달았다. 여성 고객에 대한 우리의 기대는 완벽한 오판이었다. 잘 꾸미고, 옷도 잘 입고, 활기차고 밝은 에너지를 내뿜던 여성 입실자들은 마치 입이라도 맞춘 듯 방을 지저분하게 쓰고 나갔다. 깔끔은 커녕 화장실 하수구를 꽉 틀어막아버린 그녀들의 머리카락 때문에 배수구 세척 세제를 몇 통씩이나 들이부어야 했다. 나 또한 같은 여자로서 머리카락이 많이 빠지는 건 어쩔 수 없다고 생각하지만, 고시원을 관리하는 입장에서는 참기 힘든 문제였다. 비좁은 화장실에 쪼그리고 앉아 배수구와 씨름하던 남편의 뒷모습을 떠올리면 지금도 분노가 끓어오른다.

한 가지 더 푸념하자면 여성 입실자들은 남성 입실자들에 비해 민원도 훨씬 많았고 신경도 많이 쓰였다. 예를 들면 남성 입실자가 2년 동안 단 한 번의 불만 제기도 없이 살았던 방을 새로 들어온 여성 입실자는 음식 냄새가 올라온다, 날파리가 잘 생긴다, 살아보니 방이 너무 좁다 등등 각종 불평을 쏟아내며 한두 달 만에 뺐다. 고객 입장에서 주거지의 만족도를 높이기 위해 이런저런 개선 사항을 요구하는 건 당연한 일이지만, 응대해야 하는 원장 입장에선 피곤한 일이었다. 나는 급기야 이런 생각을 하기에 이르렀다.

'역시 털털한 남학생이 최고야…….'

남편은 아예 마음의 병을 얻었다. 처음부터 남자만 득실거리는 고시원에 여성 입실자가 들어오면 불미스러운 일이 생기지 않을까 걱정했던 남편은 여성 입실자들의 쏟아지는 민원에 이러지도 저러지도 못하고 내게 도움을 청하기 일쑤였다. 심지어 문의가 오면 고시원의 단점을 일일이 열거하며 제발 오지 말라고 고사를 지냈다. 예를 들면 이런 식이다.

계약을 피하고 싶을 경우

남편: 미리 말씀드리자면 저희 고시원은 엘리베이터가 없습니다. 여성 남성층도 전혀 분리되어 있지 않고요. 괜찮으실까요? **(이 정도면 불편해서 안 오겠지?)**

고객: 그렇군요. 뭐, 저는 괜찮습니다! 바로 예약 가능할까요?

남편: 음… 죄송한데 지금 만실이라 바로는 어렵고요. 대기 등록하셔야 하는데 언제 방이 나올지는 미정입니다. **(이 정도면 알아들어야지!)**

고객: 정말요? 진짜 계약하고 싶은데…… 그럼 언제까지 기다리면 될까요?

남편: 방 나오면 순서대로 연락드립니다. 먼저 입금하시는 분 순이라서 확실히 말씀드리기가 좀 곤란합니다. 급하시면 다른 데 알아보셔도 됩니다. **(제발 다른 데 알아봐요. 진심입니다!)**

고객: 헉! 제가 지방에 있어서요. 그냥 지금 계약금 입금하고 기다릴 테니 계좌번호 부탁드립니다.

남편: 네? 뭐라고요? 지금 계약금 넣으시면 나중에 마음 바뀌셔도 환불 절대 안 해드립니다. 방이라도 보고 계약을 하시든 하셔야죠. 진짜 괜찮으시겠어요? (엉엉, 저한테 왜 이러시는 거예요?)

이처럼 장사를 하겠다는 건지 말겠다는 건지, 미꾸라지처럼 손님을 피해 다니다가 결국 억지로 계약을 당하고 마는 식이었다. 얼마 전, 남편과의 실랑이 끝에 어렵사리 계약에 성공한 여학생이 있었다. 원래 계약금을 선불로 받고 입실 후 나머지 잔금을 받는 식인데, 남편은 언제라도 즉시 환불해줄 요량으로 계약금도 거의 받지 않겠다고 했다. 그런데 방이 급하게 꼭 필요하다던 그녀는 어쩐 일인지 약속한 날짜에 계약금을 입금하지 않았다.

계약을 물리고 싶은 경우

남편: 안녕하세요. 계약금이 입금되지 않아서요. 다른 대기 고객님께 방을 안내드려도 될까요? (제발 알겠다고 해!)

고객: 앗! 제가 지금 일하느라 정신이 없어서요. 내일 알바

비 들어오는 날이라. 내일 꼭 5만 원 입금해드릴게요. 조금만 기다려주시면 안 될까요?

남편: 아, 네……. 그런데 지난번에 말씀드린 것처럼 그날 입실하실 수 있는 방은 채광이 그리 좋은 편이 아니에요. 이 부분 괜찮으실까요? **(이제라도 그만 포기하시죠.)**

고객: 네네, 괜찮습니다. 내일 꼭 입금해드릴게요. 죄송합니다. 저 거기 꼭 입실할 거예요!

남편: 아, 네… 그럼 내일 연락주세요. **(하늘이시여!)**

짧은 대화를 통해 우리는 그녀가 단돈 5만 원조차 바로 입금하기 어려운 힘든 처지라는 걸 알 수 있었다. 부모님에게 손을 벌리지 않고 직접 돈을 벌어 월세와 생활비를 충당하고 있는 것이다. 안쓰러운 마음도 들고 기특한 마음도 들었다. 물론 원장 입장에서는 입실료를 제때 내지 못하면 어쩌나 하는 노파심도 들었다. 기왕 이렇게 된 김에 계약을 파기하는 게 서로에게 낫지 않을까 생각했지만, 결국 그녀는 우리 고시원에 입실하게 되었다.

다행인 건 그녀 덕분에 우리가 여성 입실자에 대한 나쁜 기억을 지울 수 있었단 사실이다. 그녀는 아침 7시가 되기도 전에 가방을 메고 고시원을 나섰는데, 대학생치고는 등교가 매우 빨랐다. 그리고 저녁이 되면 검은색 트레이닝복에 편한 티셔츠를 걸치고 밖으로 나가 자정이 훌쩍 넘어서야 들어왔다. 아마도 근처 음식점에서 아르바이트를 하는 것 같았다. 상경하자마자 별도 잘 들지 않는 고시원에 자리를 잡고 생활 전선으로 뛰어든 어린 여학생. 나는 그녀의 모습에서 외로운 서울살이를 견뎌내던 내 20대를 떠올렸다.

고시원을 운영하면서 개인적으로 가장 놀랐던 점 가운데 하나는 다 큰 대학생들이 엄마 아빠 손을 잡고 고시원을 보러 온다는 것이었다. 엄마 아빠가 못 오면 형, 누나, 하다못해 남자 친구나 여자 친구의 손이라도 꼭 잡고 왔다. 당연히 입실료는 부모님의 지갑에서 나왔고. 그만큼 세상살이가 팍팍하다는 얘기겠지, 공부에 집중해야 하니 부모님의 도움을 받는 것도 현명한 일이지, 생각하다가도 때론 회의가 들었다. 저 학생들은 평생 독립이란 걸 할 수는 있는 걸까……. 그에 비하면 이 여학생은 이미 자기의 인생을 스스로 개척해나가는 대단한 사람이었다.

벌써 그녀가 입실한 지 몇 달이 다 되어간다. 그녀는 여전히 아침 일찍 나가 밤늦게 귀가한다. 가끔 쉬는 날에는 방에서 통 나오지 않는다. 맨발로 살금살금 복도를 오가며 물만 떠 갈 뿐 주방도 이용하지 않는다. 아마도 밀린 공부를 하거나 부족한 잠을 보충하는 모양이었다. 사실 그런 그녀의 모습을 보고 있으면 마음이 좋지 않다. 인생에서 가장 예쁜 시기를 너무 팍팍하게만 사는 것 같아 신경이 쓰인다. 고시원장으로서는 하루 종일 밖에 있다가 고시원에서 잠만 자는 그녀가 감사하지만, 인간적으로는 뭐든 챙겨주고 싶은 그런 마음이다. 하다못해 햇볕 잘 드는 방이라도 나오면 제일 먼저 이 친구의 짐을 옮겨줄 생각이다.

사회 초년생 시절, 새벽 네 시 반에 집을 나서 밤 열 시나 되어야 퇴근 지하철에 몸을 실을 수 있던 어느 날이었다. 그날은 회사 일도 잘 안 풀리고, 다리도 아프고, 밥도 제대로 못 먹은 통에 기운이 많이 빠진 상태였다. 당연히 앉을 자리는 없었고 구석에 간신히 몸을 기댄 채 꾸역꾸역 버티고 서 있는데, 한 중년 여성이 갑자기 날 힐끔 쳐다보더니 뜬금없이 자리를 양보했다.

"아가씨, 많이 힘들었을 텐데 여기 앉아요. 난 다음 역에서 내려요."

정말이지 딱 주저앉기 직전이었다. 일면식도 없는 아주머니의 그 한마디에 생뚱맞게도 눈물샘 버튼이 눌려버렸다. 감사하다는 말과 함께 집에 오는 내내 훌쩍였던 기억이 난다.

하루하루 살기 위해 앞만 보고 내달리다 고꾸라지기 직전이었던 그 순간, 타인이 주는 우연한 관심과 배려는 의외로 대단한 힘이 되었다. 이처럼 때로는 낯선 이의 위로가 더 큰 위력을 발휘하기도 한다. 평소 우리는 서로 아무런 상관없는 사람처럼 느껴지지만 마음만 먹으면 언제 어디서든 누군가에게 온기를 선물하는 귀인이 될 수도 있다. 일상에서 아주 조금만 더 배려심을 발휘한다면 말이다.

나는 고시원장이고, 그녀는 정당하게 돈을 내고 머무는 입실자다. 우리에겐 서로 관심을 가져야 할 이유도, 그 과정을 통해 얻을 수 있는 어떤 것도 없다. 하지만 내 진심을 제대로 전할 수만 있다면 오지랖을 부려 그녀에게 들려주고 싶다.

"힘내요. 내 생각엔 지금 당신은 누구보다 잘하고 있고 최선을 다하고 있어요. 다 잘될 거예요."

그녀에게, 그리고 어쩌면 과거의 나에게, 꼭 들려주고 싶은 말이다.

도마뱀이라도
사랑할 수 있게 해주세요

여름이 오기 전에 점검과 청소를 다 해두었는데도, 찌는 듯한 더위가 시작되자 에어컨 민원이 하나둘 들어오기 시작했다. 다행히 우리 고시원에는 모든 방에 에어컨이 있어서 입실자들이 여름을 시원하게 보낼 수 있다. 그리고 그만큼 민원이 더 발생한다.

청년은 에어컨 호스를 따라 물이 뚝뚝 떨어진다고 말했다. 고시원 수리는 입실자가 머무는 시간에 진행할 수 없기에 대부분 입실자가 출근을 하거나 잠시 밖에 나간 사이에 진행한다. 그날도 에어컨 수리기사님께 방이 비는 시간과 비밀번호를 전달하고 방문을 부탁드렸다. 그런데 그날 밤, 청년으로부터 황급히 연락이 왔다.

"원장님, 늦은 시간에 죄송합니다. 혹시 에어컨 수리할 때 원장님도 옆에 계셨나요?"

"네? 아니요. 저는 다른 일이 있어서 기사님만 방문하셨는데… 왜요? 무슨 일 있으세요?"

"그게 저… 다름이 아니라…… 사실은 제가 키우던 게코 도마뱀이 있었거든요. 도마뱀을 통에다 넣어놨는데 사라졌어요."

"네? 도마뱀이요? 도마뱀을 키우신다고요? 우리 고시원에서요? 근데 없어졌어요? 잠시만요. 기사님께 보셨는지 한번 여쭤볼게요."

"네. 감사합니다. 근데 도마뱀 꼭 찾아야 해요. 꼭이요."

고시원에서 도마뱀이라니! 도마뱀이 없어졌다는 사실도 당황스러웠지만, 고시원에서 남몰래 그런 특이종을 키우고 있었다는 사실이 더욱 놀라웠다. 우리 고시원 규정상 입실자는 애완동물을 키울 수 없다. 만약 개나 고양이, 햄스터 같은 반려동물을 몰래 키우다 발각되면 퇴실을 강제할 수밖에 없다. 그런데 강아지도 고양이도 햄스터도 아니고 도마뱀을 키운다고? 근데… 도마뱀은 어떻게 생겼고 어디에서 살지? 인터넷에 '게코 도마뱀'을 검색해봤다.

[게코 도마뱀]

서식지: 산간, 초원, 밀림, 사막 등 다양한 환경에 서식

크기: 평균 8~12센티미터

분포: 전 세계, 특히 열대 및 아열대 지역에 분포

먹이: 곤충, 지렁이

아, 넓은 초원이나 밀림에 사는 친구구나. 그런데 이 친구가 어쩌다 이 좁은 고시원에 살게 된 걸까. 조금 더 검색을 해 보니 도마뱀을 애완동물로 키우는 사람들이 꽤 있었다. 자식 농사도 버겁다는 핑계 아래 애완동물에는 딱히 관심을 두지 않았던 나로서는 꽤 놀라운 사실이었다. 여러 정보 중에서 초등생 자녀가 도마뱀을 키우고 싶어 해 고민이라는 한 맘카페 회원의 질문이 눈에 띄었다. 그 글에는 다음과 같은 댓글이 달려 있었다.

'단점은 잘 모르겠네요. 강아지 고양이보단 훨씬 나아요.'

'꼬리에 영양분을 저장해서 먹이는 매일 주지 않아도 되고 생각보다 키우기 쉬워요.'

'장점은 깨끗하다는 건데 먹이 주는 게 좀 무섭다네요?'

생각보다 긍정적인 평가가 많았다. 그런데 그다음 댓글이 문제였다.

'도마뱀 큰 놈 키우세요. 작은 거 들여왔는데 너무 빨라요. 이틀 만에 사라졌어요. 어디 붙어 있는지 모르겠네요.'

빠르다고?! 붙어 있다고?! 눈앞이 아찔했다. 도망친 도마뱀이 방 밖으로 나갔다면 분명 고시원 어딘가를 빠르게 돌아다니며 여기저기 붙어 있을 터였다. 그러다 다른 입실자들의 눈에 띄기라도 한다면? 놀란 사람이 소리라도 질러서 다른 입실자들이 혼란에 빠진다면? 이렇게 한가하게 검색이나 하고 있을 때가 아니었다. 남편에게 출동 준비를 외치며 두 팔을 걷어붙였다.

아닌 밤에 홍두깨도 아니고 팔자에도 없는 도마뱀 숨바꼭질이 시작되었다. 엎친 데 덮친 격으로 날은 또 왜 이렇게 습하고 더운지. 남편과 나는 땀을 뻘뻘 흘리며 여기저기를 휘젓고 다녔다. 하지만 도마뱀은 그리 만만한 상대가 아니었다. 작아서 어디든 숨는 데다 울음소리조차 내지 않는 녀석을 무슨 수로 찾는단 말인가. 팔팔 끓는 무더위에 고생하지 말라고 에어컨 점검은 물론 청소까지 해주었는데 이젠 가출한 도마뱀까지 찾아줘야 한다니 아무리 생각해도 억울했다. 차라리 걸릴 때 걸리더라도 주인 알아보는 강아지나 고양이를 키우지, 아니면 도마뱀 목에 방울이라도 달아놓던가. 화가 나서 옆에 있는 청년 입실자를 째려보았다.

"아니. 고시원에서 도마뱀을 키우시면 어찌하나요? 수리 기사님은 아무것도 건드리지 않으셨다는데……."

"아, 죄송해요……. 그런데 도마뱀은 대체 어디로 갔을까요, 원장님? 꼭 좀 찾아주세요."

옆에서 씩씩거리며 볼멘소리를 하건 말건 청년은 도마뱀 걱정이 우선인 듯했다. 그렇게 녀석을 찾기 위해 어른 셋이 고시원을 쥐 잡듯 뒤지기를 몇 시간. 드디어 기다리고 기다리던 환희에 찬 세 마디 외침이 들렸다.

"찾았다! 찾았어요! 원장님!"

황당하게도 도마뱀은 여전히 그 방 안에 있었다. 분명 아까는 없었는데 어디에 숨어 있다가 기어 나왔는지 벽에 착 달라붙어 혀를 날름거리고 있었다. 아, 저렇게 생겼구나! 생각보다 징그럽지 않고 귀엽네. 그런데 왜 아직 방 안에 있을까. 사람들이 수시로 오가며 방문을 열어보았는데, 심지어 녀석을 찾는 동안에는 방문을 한참 열어두기까지 했는데도 도마뱀은 방 안에 있었다. 좁은 투명 상자를 벗어나 자연으로 나갈 엄청난 기회를 스스로 놓쳐버린 것이다. 그렇게 우리 고시원이 좋았나. 어쨌든 도마뱀에는 안타까운 일이지만 도마뱀 아빠와 고시원 원장 부부에게는 천만다행인 일이었다.

"고시원에서 도마뱀을 키우시다뇨? 고시원에서 원래 이런 거 키우시면 안 돼요. 잘 아시죠?"

"네. 죄송합니다, 원장님. 그냥 혼자 지내기 너무 외로워서
요. 게다가 도마뱀은 냄새도 안 나고 소리도 없어서 피해 입
힐 일은 없을 줄 알았어요. 정말 죄송합니다. 앞으로 도마뱀
여기서 키우면 안 되는 거죠? 저 퇴실해야 할까요?"

쫓겨날 걱정을 하는 도마뱀 아빠의 간절한 물음에 말문이
턱 막혔다. 차마 나가라는 말을 내뱉지 못하고 퇴실이라는
단어가 혀끝을 빙빙 맴돌았다. 조금 전까지만 해도 화가 머
리끝까지 나서 도마뱀을 찾기만 하면 당장 내쫓을 생각이었
는데 말이다. 고시원은 내가 생각한 것보다 훨씬 더 외로운
곳인 게 분명했다. 오죽했으면 고시원에서 도마뱀 키울 생각
을 다 했을까.

생각해보면 나 또한 참으로 외롭게 산 사람 중 한 명이었
다. 원룸을 전전하던 20대의 나는 겉보기엔 벚꽃처럼 화사
하고 달달했지만 속은 문드러진 홍시처럼 어딘가 불편했고
또 불안했다. 취업 후 나의 첫 집은 하필이면 수능을 앞둔 삼
수생이 있는 큰이모 댁이었는데, 회사까지 왕복 서너 시간의
거리를 오가야 했다. 그렇게 사회 초년생의 설렘은커녕 개인
시간을 고스란히 회사에 반납하고 일한 끝에 마련한 보증금
500만 원으로 서울에서 가장 저렴한 동네에 원룸을 얻었다.

신림동 고시촌 근처에 있는 초소형 오피스텔이었다. 그렇게 결혼 전까지 대략 십여 번의 이사를 했는데 그동안 겪은 집 없는 설움을 이야기하자면 날밤을 새워도 모자랄 지경이다.

본격적인 자취 생활을 시작한 뒤부터는 매일 같이 집 밖으로 나돌았다. 다음 날 새벽 6시에 일어나 7시까지 출근해야 했지만 늦게까지 술집을 전전하는 날이 많았다. 사람 많은 곳에 가서 시간 가는 줄 모른 채 웃고 떠들었다. 사람들 속에 섞여 있어야만 외로움을 잊을 수 있기 때문이었다. 편하게 개인 시간과 공간을 갖겠다고 원룸을 얻었음에도 혼자라는 사실이 죽기보다 싫었던 모양이다.

어쩌다 아주 가끔 홀로 집에서 시간을 보내는 날이면 그 적막을 어떻게 다루어야 할지 몰라 TV를 큰 소리로 틀어놓거나 라디오 음악을 온종일 켜두었다. 그래도 마음이 달래지지 않을 때는 사돈의 팔촌까지 전화를 돌려 시답잖은 이야기를 나눴다. 하늘이 붉게 달아올랐다 땅거미가 내려앉을 땐 외로움도 함께 달아올랐다. 그럴 땐 정말 방법이 없었다. 혼술을 하는 수밖에. 부끄럽지만 고해성사를 하자면 20대 시절 나의 주량은 외로움의 크기를 똑 닮아 무려 소주 여섯 병에 달한 적도 있다. 친구들은 내 엄청난 주량을 부러워했지만 그 속에는 그런 남모를 속사정이 있었다.

그래도 그땐 앞길이 창창한 20대였기에 '청춘'이라는 명사 앞에 '낭만'이라는 단어를 꾸역꾸역 갖다 붙이며 자기 위안 삼을 수 있었다. '아프니까 청춘이다'라고도 하지 않던가. 서울에서의 떠돌이 생활은 생각만큼 친절하지도 아름답지도 않았으나 낭만이라는 수식어는 온갖 역경과 고난을 정당화시켰고 배고픔조차 아름답게 미화하는 기묘한 힘이 있었다. 참 짠내 나고 외로운 마라맛 낭만이었다. 도마뱀 아빠를 보며 추억이라는 이름으로 보기 좋게 포장해두었던 그 시절의 가난과 외로움이 주마등처럼 스쳐 지나갔다. 이 정 많은 청년은 어쩌다 여기까지 찾아오게 되었을까.

혼자 살아도 혼자가 아닌, 꼭꼭 숨으려 해도 완벽히 숨을 곳이 없는 고시원이라는 공간에서 외로움을 견뎌내는 방법은 생각보다 많지 않다. 이곳에서는 큰 소리로 음악을 들을 수도 없고 텔레비전을 보며 마음껏 웃을 수도 없다. 전화벨은 늘 진동을 유지해야 하고 밤 9시 이후부터는 통화도 삼가야 한다. 행여나 외로움을 못 이기고 술을 마시고 행패라도 부렸다간 그날로 당장 쫓겨날 수도 있다. 이렇듯 고시원에서는 할 수 있는 일보다 해선 안 되는 일들이 훨씬 많기에 외롭고 외로워도 참는 게 최선이다.

이런 사정을 누구보다 잘 아는 고시원 원장은 도마뱀 아빠의 외로움을 차마 외면할 수 없었다. 결국 도마뱀을 키워도 좋다고 했다. 대신 앞으로 도마뱀이 절대 탈출하는 일이 없도록 간수를 잘해달라 신신당부했다. 청년은 감사하다며 몇 번이고 고개를 숙였다.

그래, 나처럼 무식하게 주량을 늘리는 것보단 도마뱀을 키우는 게 훨씬 나을 거야. 이 삭막한 도시 안에서 무언가를 애정할 수 있다는 건 아직 그 안에 희망이 살아 있다는 증거일 테니. 언젠간 그가 이 냉혹한 자본주의 세상에서 당당히 살아남아 비좁고 네모난 좁은 방을 벗어나는 날이 오면 도마뱀 녀석도 갑갑한 사육장이 아닌 너른 고향 땅에서 맘껏 활개를 치고 살아가게 되길 나는 진심으로 바랐다.

제발 (여기서)
죽지 마

"나 이제 더는 못하겠어요. 고시원 원장 노릇 때려치우고 고향으로 내려가려고요."

"왜요? 원장님, 무슨 일 있으세요?"

"오늘 경찰 오고 난리 난리를 쳤어요. 송장 하나 치울 뻔했다니까요. 하, 진짜!"

"네? 경찰이요?"

고시원을 운영한 지 3개월 정도 되었을 때였다. 우리보다 조금 더 빨리 고시원을 인수해 옆동네에서 원룸과 미니룸 섞인 혼합룸을 운영하던 또래 원장님이 하소연을 해왔다. 고시원 원장이 되고자 결심하였을 때 이런저런 조언과 용기를 준

고마운 사람이었다. 그는 원래 고향에서 다른 일을 하고 있었는데 벌이가 시원치 않았는지 나처럼 유튜브를 보고 서울에 있는 고시원을 인수했다. 그러고는 직접 고시원 방에 거주하며 청소부터 온갖 허드렛일까지 본인이 직접 해내며 악착같이 돈을 모았다.

그즈음 우리는 안정을 찾아가고 있었다. 원장이 바뀌자마자 우르르 퇴실한 사람들 때문에 10개의 공실이 생겼지만, 각고의 노력 끝에 40여 개의 방을 한 달 만에 꽉 채우고 자랑스러운 만실 원장 타이틀을 단 참이었다. 고시원을 찾지 않는 여유로운 날도 늘고 있었다. 초반에 열심히 고치고 쓸고 닦은 덕분에 촉각을 곤두세울 만한 문제는 딱히 발생하지 않았다. 고시원에 들러 하는 일이라고는 윤 씨 아저씨의 민원처럼 누군가가 복도에 무식한 신발 자국을 내고 다니진 않았는지, 쓰레기통에 날파리가 꼬이진 않았는지 등을 확인하는 것뿐이었다. 그럼에도 일주일에 며칠씩 출근 도장을 찍는 이유는 원장의 얼굴을 의식적으로 내보이기 위함이었다.

사실 운영 시스템을 잘 갖추어 놓으면 고시원에 출근하는 횟수를 한 달에 한 번으로 줄일 수도 있었다. 입실자들은 원장이 출근하든 말든 크게 신경을 쓰지 않으니까. 하지만 신기하게도 몇 주 동안 고시원을 찾지 않으면 자신들이 관심

밖 존재임을 귀신같이 눈치채고 도둑고양이처럼 살금살금 조용한 문제들을 일으키곤 했다. 이모님이 주기적으로 청소를 해주어도 원장이 직접 오가면서 신경 쓰지 않으면 금세 쓰레기를 함부로 버리는 사람이 생겼고, 시끄럽게 다른 사람에게 피해를 주는 경우도 늘었다. 원장의 손길이 닿지 않는 고시원은 마치 엄마 손에서 벗어난 사춘기 아들 같달까. 가만두면 문제를 일으키고, 과도하게 애정을 쏟아부으면 쾅 하고 터져버리는 시한폭탄 같은. 너무 뜨겁지도, 차갑지도 않은 미온한 관계를 유지하는 것이 고시원 원장의 첫 번째 미덕인 이유였다.

그런데 가끔 밀당에 실패한 원장님들은 사건 사고에 질려서 야심 차게 시작한 고시원을 떠나가기도 했다. 전화를 걸어온 원장님도 그 미덕을 유지하려고 안간힘을 썼지만, 뜻밖의 사건으로 인해 힘겹게 유지해온 평정심을 잃은 듯 보였다. 그는 완전히 자포자기한 말투였다.

"간밤에 무슨 일 있으셨던 거예요?"

"있는 듯 없는 듯 너무 조용한 사람이었잖아요. 그 여학생이. 입실료 내는 날이 지났는데 입금도 안 되고 연락도 안 되고. 영 느낌이 싸하더라고요."

"그때 신경 쓰인다던 그분? 그래서요?"

"문을 아무리 두드려도 기척이 없어. 안 되겠다 싶어서 간밤에 경찰을 불러 문을 열었더니 글쎄……."

창문이 없는 미니룸이었다고 했다. 천장 곳곳에 시퍼런 테이프를 겹겹이 엑스자로 봉해놨단다. 그것도 모자라 그 위를 수건으로 꽁꽁 감싸서 덮어놨다나. 연기나 열을 감지하는 화재감지기를 완전히 무력화시키기 위함이었다. 그러나 그 방법으로는 실행하고자 하는 일을 도저히 완수할 수 없다고 판단했는지, 벽과 벽 사이에 대각선으로 뻗어 있던 빨래걸이봉에 세탁물 대신 튼튼하고 기다란 줄을 동그랗게 매듭지어 애잔하게 늘어트려 놓았다고 했다. 방문을 따고 들어가 황급히 인기척을 살폈을 때, 불행 중 다행으로 숨 막히는 공포 영화의 여주인공은 어디에도 없었다. 소란스러운 바깥 상황에 주변 사람들이 하나둘 방문 밖으로 고개를 내밀 때쯤, 장대비처럼 쏟아져 내릴듯한 새까맣고 긴 머리카락을 축 늘어뜨린 그 여학생이 검정 비닐봉지를 손에 든 채 터벅터벅 힘없이 걸어 들어왔다. 그 봉투 안에 무엇이 들어 있었는지는 상상도 하기 싫었다.

"그래서 어떻게 하기로 했어요?"

"그 학생 우울증이 있었던 모양이에요. 당장 부모님께 전화해서 데려가라고 했지요."

"다행이네요. 살아 돌아가서. 그런데 원장님은 괜찮으세요? 목소리가 안 좋으신데 일단 좀 주무시고 기운 차리세요."

"근처에다 방을 따로 하나 얻어서 출퇴근할 걸 그랬어요. 도저히 잘 수가 없네요."

"고시원장이 자기 고시원에서 잠을 못 자면 어째요."

"그러게 말입니다. 죽으려면 다른 데 가서 죽지. 왜 하필 내 업장에서. 이러다 내가 먼저 죽겠어요."

그 사건이 있고 몇 달 뒤, 아슬아슬해 보였던 그 원장님은 결국 고시원을 정리하고 고향으로 돌아간다고 했다. 송별회 자리에서 만난 그는 어딘지 모르게 홀가분한 표정이었다. 나처럼 월 1천만 원 수입의 목표를 가지고 최선을 다하던 분이었는데 이렇게 갑자기 떠난다고 하니 왠지 모르게 서운한 마음이 들었지만 차마 말릴 수는 없었다. 나라도 그런 일을 겪고 나면 그만두고 싶을 것 같았다.

고시원이라는 곳은 참으로 기묘한 공간이다. 누군가에게는 힘찬 날갯짓을 준비하는 출발점이 되지만, 누군가에게는 마지막을 준비하는 죽음의 정거장이 되기도 하니 말이다. 고시원 원장에게는 먹고사는 문제가 달린 경건한 삶의 터전이자 생계 수단이기도 하고.

고시원 원장이 되기 전에 이 같은 흉흉한 사건 소식을 들었다면 살고자 하는 의지를 포기한 비련의 여주인공을 가장 먼저 걱정했을 터였다. 하지만 동료 원장에게 그 이야기를 들었을 때 가장 먼저 든 생각은 솔직히 고귀한 생명에 대한 가슴 시린 연민이나 공감이 아니었다. 과연 내가 그 순간 느낀 감정은 무엇이었을까? 아니, 질문을 바로 잡아야겠다. 내가 느낀 감정의 순서는 어땠을까?

첫 번째 감정은 그런 불상사가 벌어진 곳이 내 업장이 아니라서 천만다행이라는 안도감이었다. 만일 내가 운영하는 곳에서 자살 소동이 벌어졌다면, 한낱 소동에 그치지 않고 뉴스에 나올법한 큰 사건이었다면 나는 과연 그 무게를 감당할 수 있었을까. 사실 나는 이런 상상을 이미 오래전부터 하고 있었다. 다만 아직은 그런 일이 벌어지지 않았기에 여전히 고시원을 운영하고 있을 뿐이다. 당장 오늘이라도 그런 일이 발생한다면 나는 아마 대단치도 않은 원장의 얼굴을 조금 더 자주 내비치지 못한 점을 자책하며 사업을 접고 말 것이다.

두 번째 감정은 경박한 안도감 후에 오는 값싼 동정심이었다. 그 여학생의 속사정은 본인이 아닌 이상 누구도 정확히 모를 것이다. 나 역시 동료 고시원 원장님으로부터 들은 얘기가 다였다. 평소에 있는 듯 없는 듯 조용히 살았고 우울증이 있었다는 것. 하지만 세상에는 불행한 사람이 너무도 많다. 서울살이의 꿈을 안고 지방에서 올라왔다가 빚만 지고 내려가는 청년들, 몇 년째 인간관계도 끊고 종일 시험을 준비하면서 비상을 꿈꾸지만 끝내 이루지 못하는 고시생들, 가족에게 보낼 돈을 모으기 위해 자신에게는 저렴한 커피 한 잔도 사지 않는 가장들. 각자의 무게는 다르지만 모든 불행은 결국 본인만이 이겨낼 수 있다. 이런 냉엄한 현실 앞에서 나는 그녀의 불행한 소식을 듣고도 그저 안타깝다는 최소한의 감정만 느낄 뿐이었다.

마지막으로 느낀 감정은 무기력함이었다. 내가 큰돈을 벌고 싶어 고시원 사업을 선택한 것과 대조적으로 이곳에 사는 사람들은 지독하게 돈 때문에 힘들어 고시원을 선택했다. 여기까지 건너온 사람들에게 내가 제공할 수 있는 건 계약서에 적힌 2평 남짓의 방뿐이었다. 그마저도 그 공간을 어떻게 활용하느냐는 전적으로 그들에게 달려 있었다. 희망의 터전이 될지, 죽음의 관문이 될지는 아마 본인들도 모르겠지. 이런 상황에서 내가 할 수 있는 일은 없다는 생각에 이르자 정체 모를 무기력함이 몰려왔다. 자리가 사람을 만든다고 했던가. 애초에 어떤 대단한 사명감을 가지고 이 일을 시작한 것은 아니었으나 어떤 식으로든 조금이나마 그들에게 도움이 되고 싶었던 게 내 마음이었던가 보다.

결국 그 어떤 감정보다도 불행한 일을 피해 갔다는 안도감이 앞섰던 나는, 사람보다 업장의 안위를 먼저 걱정하는 초라한 고시원 원장이었다. 하지만 이에 대한 죄책감은 가지지 않기로 했다. 누군가의 인생을 구원하는 건 고시원장의 몫이 아니니까. 누구도 대신해줄 수 있는 게 아니니까. 다만 내가 운영하는 동안에는 부지런히 출근해서 얼굴도장을 찍고, 청소를 하고, 각 방의 인기척을 살펴야겠다고 생각했다. 그것이 고시원 원장으로서 내가 할 수 있는 최선의 노력이라 여기며. 나도, 당신도, 무사히 살아 돌아간 그 여학생도, 그저 우리에게 주어진 각자의 위치에서 묵묵히 최선의 노력을 하면 되는 것이 아닐까 생각하며.

10년째 고시원 사는 슈퍼맨 ①

– 최장기 최저가 거주자의 출몰

우리 고시원에는 슈퍼맨이 산다. 진짜 힘이 세고, 언제 어디서나 번개같이 나타나 문제를 척척 해결하는 멋진 슈퍼맨을 떠올렸다면, 오산이다. 우리 고시원에 사는 슈퍼맨은 좀 괴상하다. 육중한 몸매에 굼벵이처럼 느릿한 60대 남성이다. 무엇보다도 그는 우리 고시원에서 **최장기 최저가** 거주를 하고 있다.

전임 원장에게 인수인계를 받을 때였다. 막힘없이 말을 이어가던 그가 유일하게 말끝을 흐리던 시점이 있었는데 바로 이 어르신에 관해 설명할 때였다.

"아, 음… 이분은 좀 특별한 분인데요. 뭐라고 설명해야 되

나. 그게 그러니까……."

전임 원장이 건넨 장부에는 각 입실자의 인적 사항과 입실료, 계약 기간이 빼곡하게 적혀 있었다. 그런데 그 어르신만 입실료가 20만 원에 불과했다. 평균 입실료가 40만 원대인 걸 생각하면 정확히 절반에 해당하는 입실료였다.

"이분만 왜 입실료가 20만 원인가요? 어째서요?"

그가 한숨을 푹푹 쉬며 못마땅하다는 듯 대답했다.

"그러니까 그게 좀 특별한 분이세요. 초기 1대 원장님이 운영하실 때부터 거주하셨던 최장기 입실자이신데요. 지금은 고시원 일을 조금씩 도와주시는 조건으로 입실료를 할인해드리고 있거든요. 그런데 얼마 전에 팔을 좀 다치셔서 병원에 입원하시는 바람에 쓰레기 분리수거며 뭐며 저랑 이모님이 다 하고 있습니다. 좀 번거롭죠."

입실료가 20만 원이 된 자세한 자초지종은 이러했다. 초기 1대 원장이 운영하던 시절에 입실하신 어르신은 입실료가 없는 대신 원장님을 도와 고시원 총무 역할을 했다. 그 뒤 젊은 원장으로 바뀌면서 무료였던 입실료가 20만 원으로 책정되었고, 대신 분리수거나 음식물 쓰레기를 정리하는 등 약간의 허드렛일을 하게 된 것이다. 이제 우리가 세 번째 원장이 된 것인데, 모르긴 몰라도 어르신은 3대 원장의 존재가 무척 궁금했을 것이다.

　전임 원장과의 형식적인 인수인계를 마치고, 우리는 무려 이틀에 걸쳐 40여 명의 입실자 모두에게 일일이 전화를 걸기 시작했다. 비록 전화상이긴 하지만 새로운 사람들과 첫인사를 나눈다는 건 떨리고 긴장되는 일이었다. 그중에서도 가장 궁금했던 사람은 뭐니 뭐니 해도 고시원의 산증인 어르신이었다.

　"안녕하세요, 어르신. 이번에 고시원 인수한 원장입니다. 잠시 통화 가능하실까요?"

　"아~~ 어어~~ 새로 오신 원장님이시구나! 그럼 가능하고 말고요. 반갑습니다."

　"네, 안녕하세요. 지금 병원에 계시다고 들었습니다만. 몸은 좀 괜찮으신지요?"

　"아~~ 그러니까요~~. 내가 지금 날도 추운데 병원에 와 있어요. 팔에 금이 가고 다리도 좀 불편해요. 고시원에서 분리수거하다가 계단에서 발을 헛디뎠지 뭐야. 전임 원장에게 내가 병원비를 청구했어야 하는데 그걸 못 했어. 거참, 일도 못 하고 있고 병원비만 날리게 생겼지 뭐야 허허. 돈을 받았어야 하는데~~. 허허허."

군이 고시원 일을 거들다 다쳤음을 콕 짚어 얘기하고 전임 원장에게 청구하지 못한 병원비에 대한 아쉬움을 내비치는 그가 나는 영 불편하고 찝찝했다. 도대체 무슨 꿍꿍이가 있는 걸까? 내게 병원비라도 내달라는 것인지, 그나마 적게 내고 있는 방값마저 깎아달라는 것인지 모르겠지만 어느 쪽도 달가운 일은 아니었다. 그렇게 처음부터 호락호락하게 내 소중한 돈을 내어줄 순 없었다. 기선을 제압할 필요가 있었다. 이미 지나간 일들은 나와 아무런 상관없다는 듯 일부러 특별한 대꾸를 하지 않고 재빨리 화제를 돌렸다.

"아, 네, 아무튼 오늘 제가 전화드린 이유는요, 다름이 아니라 지내고 계신 방에 누수는 없는지, 뭐 크게 불편하신 사항은 없는지 확인하려고요. 그리고 병원에는 얼마나 더 계실 예정이세요?"

"아~~ 뭐 특별한 것은 없고요. 한 2주 뒤면 돌아갈 거 같습니다. 아~ 맞다! 근데 내 방에 누수가 있어요. 창가에서 물이 좀 떨어지는데 비밀번호 알려줄 테니 시간 날 때 들어가서 한번 보시죠."

"그럼 제가 확인해보겠습니다. 오시면 연락 주세요."

모든 오래된 건물이 그렇겠지만 누수는 가장 흔한 일이자 가장 큰 골칫거리였다. 신규 원장에게 누수 문제가 더욱 중

157

요했던 이유는 인수 계약서 특약에 따라 한 달 이내에 발생한 누수 비용을 전임 원장에게 청구할 수 있기 때문이다. 고시원을 인수하자마자 우리가 일일이 전화를 돌리고 각 방의 문제점을 확인한 것은 하루빨리 이 부분을 확인해서 전임 원장에게 비용을 청구하기 위함도 있었다. 그렇다. 진실을 고백하자면 사실 이토록 부지런을 떤 이유는 다름 아닌 돈 때문이었다.

전화를 끊고 골똘히 생각해보니 이 고시원이 생긴 지도 벌써 10년이었다. 어르신은 50대에 이 고시원에 들어와 금수강산도 변한다는 10년을 보내고 60대가 된 것이다. 10년 전 그가 고시원에 들어왔을 때 나는 무엇을 하고 있었더라. 그래. 20대 후반의 나는 결혼을 준비하고 있었다. 그가 망부석처럼 고시원을 지키는 사이 나는 결혼을 하고, 두 아이의 엄마가 되었고, 아파트를 한 채 마련했다. 10년이란 시간이 이렇게나 긴 세월이다. 그런데 그 어르신은? 아무리 형편이 좋지 않아도 일을 조금씩 했다면 충분히 원룸으로 이사할 돈을 모을 수 있지 않았을까? 솔직히 10년 동안 고시원에 사는 어르신이 이해되지 않았다.

하긴, 내가 꼭 그 어르신을 이해해야 할 필요가 있나. 그 어르신 역시 내 이해가 필요하지 않을 테고. 그 시간에 빨리 방 수리를 하는 게 몇 배는 더 가치 있는 일인데……. 나는 어르신 이름 옆에 '누수'라고 적고 다음 입실자에게 전화를 걸었다.

다음 날, 우리는 그의 방문 앞에 섰다. 고시원을 인수한 뒤 첫 개방식이었다. 지금껏 살면서 생판 모르는 타인의 방을, 그것도 10년 동안 거주한 방을 들어가 본 적은 없었다. 묘한 감정이 들었다. 비밀번호를 누르고 문을 열자 지난 세월만큼이나 낡고 헤진 방이 우리를 맞이했다. 작게 딸린 외창에 어르신의 말처럼 물이 똑똑 떨어지고 있었다. 꽤나 오랫동안 물이 샌 것 같았다. 날짜가 한참 지난 달력과 신문지, 수건인지 걸레인지 분간할 수 없는 낡은 헝겊들이 온몸으로 물방울이 안으로 들어오는 걸 막아내고 있었다. 그 모습이 왜 그렇게 애처롭게 보였는지 모르겠다.

똑, 똑, 똑, 또옥, 똑.

물이 떨어지면 좁은 방은 금세 습해져서 곰팡이 소굴이 된다. 그러나 어르신은 20만 원이라는 저렴한 가격 때문인지, 혹은 귀찮아서였는지 오랫동안 말을 하지 않고 이 상태로 거주하신 듯싶었다. 나는 찬찬히 방 안을 둘러보았다. 책장과 벽 곳곳에 놓아둔 가족사진이 눈에 띄었다. 장성한 아드님이 하나 있나 보다. 흑백 사진 속 어르신은 긴 장발에 베레모를 쓰고 눈빛이 부리부리한 젊은이의 모습이었다. 그중 하이라이트라고 할 수 있는 장면은 아들의 졸업 사진이었다. 사진 속 아빠와 아들은 유독 선명한 존재감을 뽐내며 반짝반짝 빛나고 있었다. 아마도 그 순간이 인생에서 가장 찬란한 순간이었나 보다. 시간의 흐름에 따라 쭉 전시된 사진들을 보고 있자니 한 편의 인간 극장을 보는 기분이었다.

똑, 똑, 똑, 또옥, 똑.

잠시 감상에 빠져 있는 사이에도 물은 쉬지 않고 떨어졌다. 순간 나는 부끄러웠다. 내가 도저히 이해할 수 없다고 판단했던 그 어르신도 한때 장발의 젊은 시절을 보냈고, 아름다운 여성을 만나 어엿한 가족을 이루었으며, 토끼 같은 자식을 낳아 대학까지 졸업시킨 한 집안의 가장이었다. 부모가 되어보면 안다. 아이 하나를 키우는 데 얼마나 큰 노력과 희생이 필요한지. 그랬던 가장이 어찌 된 일인지 50대에 고시원으로 들어와 물이 떨어지는 방에서 10년의 세월을 보냈다. 그 시간은 내가 생각했던 것처럼 그리 가볍지 않았을 것이다. 누구의 인생에도 허투루 지나가는 시간은 없으니까.

우리는 살면서 결과에 집착하는 경향이 있다. 결과가 좋으면 과정도 옳고, 결과가 나쁘면 과정도 나쁘다. 결국 시험에 합격한 학생은 공부를 열심히 제대로 한 것이고, 합격하지 못한 학생은 같은 시간을 보냈음에도 제대로 공부를 하지 않은 게 된다. 과연 그럴까. 합격하지 못한 학생이 더 많은 노력을 기울였음에도 운이 나빠서, 혹은 컨디션이 안 좋아서 시험을 망쳤던 건 아닐까.

결과를 받아들이는 일은 쉽다. 수긍만 하면 된다. 하지만 과정을 이해하는 데는 노력이 필요하다. 그가 겪었을 수많은 역경과 노력, 실패의 과정을 감정적으로 받아들이고 공감해야 한다. 그러면 한 사람 한 사람의 인생이 충분히 흥미롭고 가치 있는 한 편의 영화처럼 느껴진다. 영화 속 주인공과 함께 울고 웃다 팬이 되는 것처럼 누군가를 진정으로 응원할 수 있게 된다.

작은 고시원 방에 진열된 어르신의 지난 세월을 바라보면서 나는 그가 누구보다도 치열한 인생을 살았을지 모른다고 생각했다. 결과적으로는 고시원에서 지내는 처량한 신세지만, 일보의 진전도 없는 한심한 삶처럼 보이지만, 그 누구보다 찬란한 삶의 기쁨을 누렸을지도 모른다고. 어쩌면 지금도 그는 정체된 게 아니라 앞을 향해 나아가고 있는 걸지 모른다고.

똑, 똑, 똑, 또옥, 똑.

방문을 닫고 돌아서며 어르신이 얼른 쾌차하길 진심으로
빌었다.

10년째 고시원 사는 슈퍼맨 ②

– 불편한 공존의 시작

어르신은 정확히 2주 만에 고시원으로 돌아왔다. CCTV를 보다가 우연히 쨍하디 쨍한 초록색 운동복 바지를 입고 서성이는 남자를 발견했는데, 굳이 누구라고 설명하지 않아도 본능적으로 알 수 있었다. 원색의 바지가 어찌나 핏하던지 살짝 민망할 정도였다. 생각보다 건장한 체격의 어르신은 추리닝을 골반에 아슬아슬하게 걸친 채 주방과 복도를 돌아다녔다. 그야말로 대략난감이었다. 화면을 보고 있자니 갑자기 나도 모르게 한숨이 나왔다. 방 구경 온 친구들이 어르신과 마주치기라도 하는 날엔 그날 장사는 공칠 것이 분명해 보였다. 며칠 전 내가 방에서 보았던 젊은 날의 장발 머리 사내는 어디로 간 걸까. 모르고 보면 완전히 다른 사람이었다.

어르신이 병원에 머무는 짧은 기간 동안 고시원에는 적지 않은 변화들이 있었다. 역대 세 번째 고시원 원장인 내가 여기저기 손을 보고 다녔기 때문이다. 그는 확 달라진 주방 분위기에 내심 놀란 눈치였다. 식기 건조대에 어지럽게 쌓여 있던 누런 그릇들은 새하얀 것으로 말끔하게 교체되었고, 아무 데나 놓여 있던 가위와 국자 또한 제자리를 찾았다. 꼬질꼬질했던 양념장들은 아기자기한 공병에 담겨 소금, 설탕, 참기름 등 단정한 이름표를 달고 칸칸이 정리되었다. 한결 깨끗해진 주방이 낯설었는지 그는 이곳저곳을 꼼꼼히 살피며 기웃거렸다. 모르긴 몰라도 10년이란 세월 동안 생활하면서 매우 익숙한 본인만의 패턴을 만들었을 것이다. 그릇은 왼쪽 위, 숟가락은 오른쪽 서랍, 물컵은 선반 위와 같이 굳게 지켜온 사소한 습관들 말이다. 하지만 이제는 새로운 규칙에 따라 익숙한 습관도, 세 번째 원장과의 관계도 다시 만들어야 할 시점이었다.

우리는 고시원을 인수하면서 낡고 오래된 세월의 흔적들은 깨끗이 지우고, 저렴한 입실료는 인상하려는 원대한 계획을 가지고 있었다. 하지만 이 어르신은 무려 10년 동안 이곳을 지켜온 터줏대감이었고 1대, 2대 전임 원장들을 거치며 고시원 안팎의 내밀한 사정을 꿰뚫고 있는 인물이었다. 게다가 각종 분리수거는 물론 쓰레기 뒤처리까지 도맡아 하다가 사고를 당한 직후였다. 입실료를 최대한 끌어올려 이른 시일 내에 수익률을 높이는 게 우리의 목표였지만, 고시원을 인수하자마자 악덕 사장이 되고 싶진 않았다. 어떻게 하는 게 좋을까? 남편과 나는 머리를 맞대고 어르신의 거취에 대해 몇 가지 안을 얘기했다.

첫 번째 방법, 20만 원이라는 입실료를 유지하고 기존처럼 일을 도와달라고 한다.

그런데 전처럼 일을 하시기에는 몸이 많이 불편해 보였다. 거동도 수월하지 않고 팔도 아직 성치 않으신 상태다. 그렇다면?

두 번째 방법, 20만 원에서 40만 원으로 입실료를 인상하고 다른 입실자들과 동등하게 지내도록 한다.

이것도 무리가 있어 보였다. 주머니 사정이 썩 좋아 보이진 않는데, 그런 분에게 갑자기 두 배의 가격 인상을 요구하는 것은 너무 고압적이다. 입실료를 빌미로 나는 이곳에서 누군가의 소중한 보금자리를 하루아침에 박탈할 수 있는 일종의 권력을 가졌지만, 진짜 갑질 원장이 되고 싶지는 않았다. 그렇다면?

세 번째 방법, 20만 원이라는 입실료를 유지하고, 아주 비상시에만 도움을 받기로 한다.

수익성도 떨어지고, 형평성에도 맞지 않는 생각이었지만 감정적으로는 이게 가장 편했다. 어차피 우리는 애들 때문에 24시간 고시원에 상주할 수 없다. 피치 못할 순간에 손과 발이 되어줄 조력자가 필요하다면 적극적으로 그의 협조를 이끌어내야 한다. 선의를 가진 좋은 원장의 이미지를 남기면 다른 입실자와 문제가 생겼을 때 그가 도움을 줄지도 모른다.

그날 밤, 나는 어르신께 다시 전화를 걸었다.

"안녕하세요? 언제 돌아오셨어요? 말씀 안 하셔서 오신지 몰랐어요."

"원장님~~ 엊저녁에 왔어요. 정신이 없어서 연락도 못 했네요. 미안합니다~~. 그사이에 고시원이 많이 바뀌었네요. 반짝반짝해지고 신경 많이 쓰셨네요. 원장님~~ 앞으로 잘 좀 부탁드립니다."

"여기저기 손볼 곳이 좀 많더라고요. 그래서 말인데 제가 한 가지 제안을 드리고 싶어요."

"뭐든지 편하게 말씀하십시오! 원장님~~."

어르신은 있는 힘껏 힘주어 대답했다.

"사실 앞으로 저희가 입실료를 순차적으로 인상할 계획이에요. 그런데 어르신은 20만 원만 내시고 계시잖아요."

"……."

짧은 침묵이 이어졌다. 어차피 입실료를 올리지 못할 거면 괜히 감정적으로 부딪힐 이유가 없었다.

"기존처럼 동일하게 20만 원을 내시고, 다만 저희가 없을 때 가끔 일을 좀 도와주세요. 그 외 다른 일은 일절 하지 않으셔도 됩니다. 계단 오르내리다 다치시면 오히려 곤란하니까요. 대신 정말 꼭 필요할 때 한 번씩 연락드릴게요. 자주는 아닐 거예요."

"아이고~~ 원장님~~ 그래 주시면 저야 감사하죠. 정말 감사합니다. 나이 먹으니 안 아픈 데가 없어요. 아들놈이 월세를 보내주고 있는데 병원비까지 나가서 요즘 여간 미안한 게 아닙니다. 여긴 내 집이나 다름없어요. 걱정하지 마세요. 제가 제집처럼 신경 쓰겠습니다."

고시원을 제집처럼 신경 쓰겠다니……. 고시원이 정말 집이 될 수 있을 거라 생각하는 건지 그의 진심이 궁금했다. 게

다가 말끝마다 원장님~~ 원장님~~ 하며 극진한 어조로 대꾸하는 것도 어쩐지 부담스러웠다. 그 와중에 하나 있는 아들은 왜 돈만 보내고 아버지를 제대로 모시지 않는 걸까? 불편한 구석이 한두 개가 아니었지만, 어쨌든 우리는 고시원 원장의 공백을 메워줄 조력자를 얻었고, 악덕 원장 이미지는 벗었으니 그걸로 만족이었다.

우리는 선의를 베풀었다. 이젠 어르신이 우리에게 선의를 베풀 차례였다.

10년째 고시원 사는 슈퍼맨 ③

– 갑을 관계의 붕괴

다행히 우리의 예측은 틀리지 않았다. 어르신은 우리의 선의에 보답이라도 하듯 고시원 곳곳에서 눈부신 활약을 하고 다녔다. 첫 번째 역할은 바로 청소 반장이었다. 분명 그 어떤 다른 일도 하지 말라고 당부를 드렸건만 어르신은 틈날 때마다 고시원 곳곳을 누비며 복도에 떨어진 쓰레기를 줍거나, 옥상에 버려진 담배꽁초 등을 수거했다. 그중에서도 가장 고마운 일은 매일 같이 출근길에 음식물 쓰레기를 들고 나간다는 것이었다. 음식물 쓰레기는 다른 쓰레기들보다 무게는 조금 가볍지만 냄새만큼은 절대 가볍지 않은 궂은일이었다.

한번은 이런 일도 있었다. 늦은 밤에 어떤 여학생이 파르

르 떨리는 목소리로 전화를 걸어서는 자기 손바닥만 한 바퀴벌레가 출몰했다며 발을 동동 굴렀다. 그녀는 금방이라도 울음보를 터트릴 기세였고, 전화를 받은 나 역시 심란하기는 마찬가지였다. 시계는 이미 11시를 넘어 12시를 향해 달려가고 있었다. 왜 이런 일은 항상 야심한 때에 벌어지는 걸까. 하루 종일 육아에 시달리다 간신히 아이들을 재우고 시원한 맥주 한잔을 목구멍으로 막 밀어 넣으려던 참이었다. 그렇지만 우리에겐 영웅 같은 존재가 있었다. 바로 어르신이었다. 어르신은 늦은 시간에도 군말 없이 나서서 도움을 주었다. 그는 바퀴벌레를 처리한 뒤 전화를 걸어 의기양양한 목소리로 말했다.

"다 해결했어. 걱정하지 마셔, 원장님~~."

대망의 쥐 사건도 있었다. 몇십 년의 세월을 견딘 고시원 건물은 매우 낡았고, 주변에 온갖 음식점이 뒤섞여 있었기에 가끔 쥐가 출몰하곤 했다. 그 쥐를 말끔히 해결해준 이도 다름 아닌 어르신이었다.

"내가 아까 창고에서 우연히 쥐를 발견했는데 말이야. 쥐덫이랑 쥐 끈끈이를 쥐새끼 동선에다가 따악 놓고 잡아줄 테니까 걱정하지 마셔, 원장님~~."

그러고는 며칠 뒤 그는 진짜로 망할 놈의 쥐를 잡았다며 사진을 찍어 보내주었다. 만일 그 쥐들이 돌아다니다가 여학생들 눈에 띄기라도 했다면…… 생각만으로도 아찔한 일이었다.

한파가 불어닥쳐 모든 게 꽁꽁 얼어붙은 어느 날 밤엔 소방 비상벨이 쩌렁쩌렁 울려 퍼진 일도 있었다. 소방벨 오작동은 흔히 발생하는 대수롭지 않은 일이지만, 언제나 살 떨리는 일 가운데 하나다. 많은 인명 피해를 냈던 종로 고시원 화재 사건을 아직 기억하는 사람이 있는지 모르겠다. 시간이 흐르고 소방법이 강화되면서 고시원 안전 문제도 수면 아래로 내려갔지만, 그런 불행은 언제고 다시 일어날 수 있다. 소방벨이 오작동할 때마다 실제로 문제가 없는지 꼼꼼히 살피고 사태를 수습하는 이도 바로 어르신이다. 그는 적어도 우리 고시원에서만큼은 24시간 초소를 지키는 믿음직스러운 보안관이었다.

한여름엔 혹독한 불볕더위와 장마, 살벌한 태풍을 지나며 초보 원장의 멘탈이 쿠크다스 과자처럼 바사삭 부스러지는 날이 잦았다. 원수 같은 고시원을 팔아넘기고 싶은 충동이 불쑥불쑥 찾아오는 계절이 바로 여름이다. 각종 벌레의 출현부터 상한 음식, 에어컨 고장까지 민원이 하루도 끊이질 않기 때문이다.

그중 가장 심각했던 사건은 아래층 누수였다. 몇 주 동안 비가 내리는 통에 마음을 졸이고 있었는데 아니나 다를까 아래층 상가로 물이 줄줄 새기 시작했다. 아래층 체육관 사장님은 단단히 화가 났다. 흘러내리는 물을 당장 해결하던지 금전적 보상을 하라며 고래고래 소리를 질렀다. 나와 남편은 겁에 질려 속수무책으로 욕을 먹고 있었다. 그런데 어느샌가 어르신이 나타나 우리 편을 들어주기 시작했다.

"아이고 사장님~~, 원장님이 뭐 일부러 그랬나요? 비가 이렇게 많이 오는데 이 낡은 건물이 당해낼 재간이 있나. 근데 일단 이거는 호스로 이렇게 물을 쭉~~ 빼서 말리면 되고, 건물주한테도 같이 이야기를 해보자고요."

성치 않은 몸에도 쉬지 않고 어딘가로 출근한다는 사실은 알고 있었는데 그게 바로 아래층인 줄은 꿈에도 몰랐다. 부족한 생활비를 이곳에서 충당하고 계신 것이었구나. 오랫동안 일을 믿고 맡긴 아르바이트생이 중재를 하자 사장님은 한층 화가 누그러지는 듯 보였다.

"뭐, 그럽시다. 일단 빨리 호스를 가져와요. 건물주한테는 제대로 따져야겠습니다."

사장님이 자리를 뜨자 어르신은 한껏 주눅 든 남편의 어깨를 툭툭 치면서 하이파이브를 했다. 그것으론 부족했는지 엉덩이까지 톡톡 쳐주며 위로를 건넸다.

"걱정하지 마셔~~, 원장님~~."

결정타로 치명적인 윙크까지 받은 남편은 어르신의 매력에 흠뻑 빠지고 말았다. 그날 우리의 갑을 관계는 완전히 허물어졌다. 우리는 더 이상 그깟 입실료 몇 푼으로 그의 주거지를 쥐락펴락할 수 있는 갑의 존재가 아니었다. 늙은 슈퍼맨의 완벽한 승리였다. 어르신이 우리에게 했던 말은 모두 진심이었다. 그는 고시원을 제집처럼 여기며 더러운 곳은 없는지, 다른 입실자들이 불편한 점은 없는지, 위험한 사고가 발생할 만한 가능성은 없는지 알뜰히 살피고 돌보았다. 자신이 집이라 여기는 공간에 어울리지 않는, 또는 있어서는 안 될 일이 벌어진다고 판단하면 그는 마치 지구를 구하는 슈퍼맨처럼 뚝딱 문제를 말끔히 해결했다.

지금도 그때 얘기가 나오면 남편은 이렇게 회상한다.

"엉덩이를 톡톡 치시면서 찡긋 웃으시는데 기분이 나쁘지 않더라고. 마치 부모님에게 위로를 받는 기분이었어."

"위로?"

"응, 위로! 고시원 인수해서 이리 뛰고 저리 뛰고, 자질구레한 민원 받고 대형 사고 터질 때마다 우리 솔직히 멘붕이

잖아. 회사에서는 이런 일을 겪어보지 못했으니까. 근데 어르신이 뭐랄까, 뒤에서 조용히 받쳐주고 있는 것 같아서 든든한 마음이 들더라고."

남편은 그날의 감정을 위로라고 표현했다. 솔직히 나도 남편도 이렇게까지 어르신의 도움을 받으며 의지하게 될 줄은 미처 상상하지 못했다. 좀 더 적나라하게 고백하자면, 그저 고시원에서 외롭게 노년을 보내는 안쓰러운 노인 정도로 여겼던 것이 사실이다. 하지만 그에 대한 부정적인 첫인상은 그가 보여준 진심으로 무참히 깨져버렸다. 돈과 명예, 성공 여부를 떠나서 진정성을 가진 사람이 뿜어내는 매력은 그 무엇보다 강력하고 위대한 것이었다.

이제 나는 확신한다. 누구든 이 늙은 슈퍼맨의 진가를 알게 되면 그를 애정하지 않을 수 없을 거라고.

10년째 고시원 사는 슈퍼맨 ④
– 적당한 거리가 필요한 관계

　강추위가 기승을 부리던 2월, 10여 명의 입실자가 고시원을 떠났다. 그리고 다시 10여 명의 입실자를 계약했다. 새로운 입실자를 구하는 데 걸린 시간은 고작 일주일이었다. 내가 생각해도 정말 장족의 발전이라는 생각이 들었다. 고시원을 시작한 지 얼마 되지 않았을 땐 한두 개의 공실만 발생해도 불안해서 벌벌 떨었는데 말이다. 시간이 약이라고 했던가. 일 년의 시간이 지나면서 나는 초보 원장의 티를 어느 정도 벗었다. 대량 공실이 나와도 당황하지 않고 '그래, 그럴 수 있지. 또 채우면 되지!' 하며 담담하게 받아들일 수 있는 깜냥이 생긴 것이다.

곰곰이 생각해보니 공실이 두려웠던 데에는 몇 가지 이유가 있었다. 첫 번째 이유는 방 하나하나가 내가 그토록 사랑하는 돈과 직결되는 문제였기 때문이다. 남편의 퇴직금을 까먹지 않을까 하는 두려움, 쫄딱 망해서 여기저기 손을 벌려야 하는 상황이 오지 않을까 하는 걱정. 가난은 오랜 시간이 지난 뒤에도 흉터처럼 남아 내 불안을 자극했다.

두 번째 이유는 이별이 불편했기 때문이다. 나는 이 감정을 일 년이 지난 뒤에야 비로소 마주할 수 있었는데, 남편도 크게 다르진 않았다. 입실자들이 가족도 아니고 사랑하는 연인도 아닌데 뭐가 그리 불편하냐고 물으면 할 말은 없다. 다만 반가움과 아쉬움이 반복되다 보니 그 골이 깊어지고, 어느새 감정 노동의 영역에 다다랐다고 말할 수밖에.

인연의 모습은 다양했다. 어떻게든 하루라도 더 머물게 하고 싶은 소중한 인연이 있는가 하면, 다음 생에서는 절대 다시 만나고 싶지 않은 악연도 있었다. 어처구니없는 이유로 집을 박차고 나온 철부지들도 있었고, 눈물 없이는 들을 수 없는 딱한 사정을 가진 사람도 있었다. 아파트 단지에 살면서, 고만고만한 급여를 받고, 틀에 박힌 패턴으로 하루를 사는 직장인들이 인간관계의 전부였던 우리에게 이들을 마주하는 건 굉장히 소모적이었던 것이다.

고시원에 사는 사람들과의 만남과 이별은 조금, 아니 꽤 특별하다. 내가 만나고 싶다고 만날 수 있는 것도 아니고, 내가 헤어지고 싶다고 해서 헤어질 수 있는 것도 아니기 때문이다. 우리 고시원에 10년째 살고 있는 슈퍼맨 어르신만 봐도 그렇다. 사실 나는 그분과 인제 그만 헤어지고 싶다. 터줏대감처럼 우리 고시원을 지켜주고 이런저런 일을 도와주시기에 감사한 부분도 많지만, 하루하루 기력이 쇠하고 있음이 느껴진다. 얼마 전부터는 다리도 불편해 보이고 허리도 성치 않아 거동도 부자연스럽다. 최근엔 대상포진까지 걸렸다는 이야기를 들은지라 여간 신경 쓰이는 게 아니다. 그만 고시원을 떠나 제발 넓고 쾌적한 보금자리에서 남은 생을 좀 더 따뜻하게 보냈으면 하는 마음이 크다.

노년을 고시원에서 지내는 대부분의 입실자는 가족과 연락이 닿지 않는 경우가 많다. 얼마 전 옥탑에서 슈퍼맨 어르신을 마주쳤는데, 혹시나 무슨 일이라도 생기면 연락할 곳이 필요할 것 같아 조심스레 자제와의 관계에 대해 물었다.

"어르신, 몸은 좀 괜찮으세요? 안색이 많이 안 좋으신 것 같아요. 자제분이 걱정하지 않으세요? …… 혹시 다른 자녀분은 없으세요?"

"우리 애들? 아들 하나 딸 하나 있어. 아들이 매달 방세 보내주잖어~~. 딸 하고도 엊그제 통화했고…….”

“그러시구나. 몰랐어요. 따님도 있으셨군요. 건강은 좀 어떠세요? 식사는 잘하고 계세요?”

“대상포진에 걸려서 혼났어. 아무래도 끼니를 잘 못 챙겨 먹으니까 면역력이 떨어졌나 봐. 애들한테는 내가 늘 미안하지 뭐. 난 그냥 이렇게 혼자 지내는 게 편해.”

당최 무엇이 편하다는 건지. 방은 좁아터지고 벽은 눅눅하고 삼시 세끼도 제대로 못 챙겨 먹는데 말이다. 무엇보다도 그 모습을 보는 내가 편하지 않은데.

그날 밤 남편은 열심히 인터넷 쇼핑을 뒤졌다. 아무래도 어르신이 밥을 못 챙겨 먹어 건강이 악화된 것 같다며 된장찌개에 넣을 고기라도 한 팩 사야겠다고 했다. 착해 빠진 남편은 내가 단속을 하지 않으면 조만간 9시 뉴스나 다큐멘터리에 천사 같은 고시원 원장으로 출연할 기세다. 나는 한바탕 잔소리를 할 수밖에 없었다.

“호의가 계속되면 권리인 줄 알아. 적당히 하자. 무슨 고기를 산다고 그래?”

얼마 전 다른 고시원 원장님에게 귀를 의심하게 할 만한 얘기를 들은 바였다. 아파서 몸져누운 학생에게 삼계죽을 한 번 사다 주었더니 그 학생 어머니가 전화를 걸어 자기 애가 아플 때마다 삼계죽을 사다 바치라는 말도 안 되는 요구를 했다는 것이다. 인류애를 의심하게 만드는 시트콤 같은 상황이었다. 그래, 원래 사람이란 존재가 그렇게 이기적이야. 나는 고개를 절레절레 저었다.

그러면서 내 손은 이미 인터넷 쇼핑몰에 들어가 유통기한이 길고 실온 보관이 가능한 사골 국물 밀키트를 찾아보고 있었다. 고기는 좀 그렇고… 그 정도는 괜찮지 않을까? 직접 우려낸 사골 국물처럼 깊은 맛은 나지 않지만 최소한의 노력을 들이면 바로 끓여 먹을 수 있는 인스턴트 사골 국물. 그것이 딱 우리의 관계를 대변하는 적당한 음식이라는 생각이 들었다. 고시원 원장과 장기 입실자 사이의 적당한 선. 우리에게는 그런 적당함이 필요했다. 더 이상의 관심은 사치일 뿐이다.

훗날 어르신과 우리가 어떤 이별을 맞이하게 될지 모르겠다. 우리가 먼저 고시원을 팔아넘길 수도 있고, 어르신이 그 전에 이사를 갈 수도 있다. 최악의 경우엔 건강상의 이유로 어느 날 갑자기 영영 작별하게 될 수도 있다. 어쨌든 우리 모두는 알고 있다. 어떤 식으로든 분명 헤어질 운명이라는 것을 말이다.

지난 일 년 동안 우리 고시원에서는 평균적으로 매월 서너 명의 사람이 나가고 거의 동시에 서너 명의 사람이 들어왔다. 20대부터 60대까지, 남녀에 상관없이 다양한 사람들을 만나고 헤어졌다. 그 과정에서 나는 관계에 대한 어떤 나름의 기준 같은 것을 세웠다.

> 첫째, 결국 헤어질 사람들에게 과도하게 넘치는 인정을 주지 말 것.
> 둘째, 진심으로 잘해주되 서로 넘어선 안 되는 적절한 선을 보여주고 유지할 것.
> 셋째, 헤어질 땐 최대한 쿨하게 '안녕' 하는 사이로 남기.

이해관계가 되면 거리가 멀어지고, 서로를 이해하는 관계가 되면 거리가 가까워진다고 한다. 기본적으로 고시원 원장과 입실자들은 돈과 계약서로 이어진 이해관계다. 동시에 같은 공간을 공유하고 서로의 생존을 챙기며 각자의 사정을 어느 정도 이해하는 관계다. 이 사실을 잊지 말자. 서로에게 아름다울 수 있는, 그러나 특별하지 않은 적당한 거리를 늘 기억하자. 친정엄마가 몇 시간씩 가마솥에 끓여낸 정성 어린 시골 국물이 아닌, 전자레인지 3분이면 금세 뜨끈해지고, 먹고 나면 어딘가 모르게 허전해서 갸우뚱하게 되지만 뒤처리가 똑 떨어지는 깔끔한 밀키트 국물처럼 말이다.

며칠 뒤 남편이 택배 박스를 들고 어르신을 찾아갔다. 어르신은 옅은 미소를 보이며 툭 던지듯 말했다.

"뭘 이런 걸 다 주고 그랴? 감동받게 시리……."

그래 이 정도면 되었다.

제4장

우리는
누구나 누군가에게
소중한 사람

다시 들어가야
할 것 같아요

수화기 너머로 땅이 꺼질 듯한 한숨 소리가 들려왔다. 공부하던 학생이 방을 뺀 지 얼마 되지 않은 것 같은데 시험 결과가 나왔나 보다. 고시원에 걸려온 전화 문의가 반가워야 하는데 어머님의 무거운 한숨 소릴 들으니 썩 달갑지만은 않다.

"어머님, 어쩐 일이세요? 얼마 전까지 아드님께서 여기 지내셨던 것 같은데, 맞지요?"

"휴…… 원장님, 방 있나요? 곧 다시 들어가야 할 것 같아요. 4점 차로 떨어졌다네요."

"에고…… 참, 어쩌나요. 그동안 공부한다고 고생 많이 했는데. 그나저나 지금 당장은 방이 없는데 어쩌죠? 언제 들어오시나요?"

"다음 달 초예요. 그래도 지내던 곳에서 공부하는 게 마음 편할 것 같아서 연락드렸어요."

"다시 찾아주셔서 감사하긴 한데, 속상하네요."

"방 나오면 다른 사람 주기 전에 미리 연락 좀 주세요. 부탁드릴게요."

단골손님의 전화에 팔짝 뛰며 콧노래를 불러도 모자랄 터인데, 웃지도 울지도 못하겠다. 게다가 4점 차로 아깝게 떨어졌다고 하니 얼마나 맘이 쓰릴까. 짧으면 일 년 길면 수년씩 취업의 문턱을 넘기 위해 밤낮없이 공부에 매달리는 학생들을 지켜본 바로는 학생에게도 학부모에게도 그 과정은 결코 쉽지 않다. 고시생의 다른 말은 고된 시간이 틀림없다.

고시의 종류는 세무사, 회계사, 소방사, 일반 공무원 시험 등등 다양하다. 그 고시생의 합격 여부가 발표되는 시즌이 되면 우리 고시원도 덩달아 출렁인다. 합격 여부에 따라서 방의 계약 여부도 달라지기 때문이다. 1차 시험에 합격하고 2차 시험까지 준비해야 하는 고시생들은 대부분 계약을 연장한다. 반면 불합격한 학생들은 둘 중 하나다. 그만 단념하고 다른 길을 모색하거나 재도전을 위해 재계약하거나. 워낙 조심스러워 대놓고 물어보지는 못하지만, 계약 연장 여부를 보면 그들의 합격 여부를 추측해볼 수 있다.

　불합격한 학생들에겐 미안하지만, 고시원에서 최종적으로 합격한 학생이 나오면 신기하게도 직접 뒷바라지한 것처럼 기특하고 자랑스러운 마음이 든다. 고시생이 유독 많은 노량진에서 고시원이나 하숙집 바깥에 '무조건 합격하는 명당', '최다 합격자 배출' 같은 현수막을 내거는 이유를 알 것 같다. 큰 탈 없이 공부할 수 있는 작은 공간을 내어주고 적당한 가격을 받을 뿐이지만, 누군가의 꿈이 한 뼘 커지는 여정에 소소한 기여를 했다는 사실이 묘한 보람 같은 걸 준달까. 인간은 직업의 귀천을 떠나 타인에게 유용함을 제공할 때 가치를 느끼는 게 분명하다.

　실제로 고시원의 원조이자 메카라 할 수 있는 노량진에서는 고시생들을 위한 시설과 서비스가 나날이 업그레이드되고 있다. 어떤 고시원은 엄마표 반찬과 특식을 제공하고 이를 시그니처 서비스로 내세워 학부모의 마음을 사로잡기도 한다. 치열한 경쟁 속에서 차별화된 서비스를 제공하는 일이 다소 고생스럽겠지만, 그만큼 고시생을 대하는 원장들의 마음은 더욱 각별할 수밖에 없을 것이다.

　참고로 고시원은 학원 등록 시즌에 가장 바쁘다. '고시원이 이렇게 많은데 설마 남는 방이 없겠어?' 하는 마음으로 여유를 부렸다간 마음에 들지 않는 방에서 불편하게 시험을 준비해야 할 수도 있다. 그만큼 고시생은 넘치고 공급은 부족한 게 최근 취업 시장의 모습이다. 이때 바늘구멍보다 작은 취업문을 뚫어보겠다고 고군분투하는 자식을 위해 학원 근처의 방을 쥐 잡듯 뒤진 후 적당한 고시원을 찾아주는 것도 부모의 역할이라는 걸 고시원 원장이 되고 나서야 알았다.

재계약해야겠다며 연락해 온 손님은 약 일 년 전에 경상도에서 올라온 엄마와 아들이었다. 꽤 다정해 보이는 모자지간이었는데, 날 잡고 올라와 온종일 고시원 투어를 하는 중이라고 했다. 이렇게 타지에 아이를 맡기는 어머님들은 고시원 원장을 직접 만나려 하는 경향이 있었다. 솔직히 매우 귀찮았지만, 그 어머님의 마음을 충분히 이해하기에 어쩔 수 없이 아침 일찍 채비를 하고 고시원으로 나갔다.

물론 손님 앞에서는 절대로 그런 티를 내지 않는다. 아들이 엄마 고생시킨다며 쯧쯧 혀를 차다가도 손님이 들어서는 순간, 환한 자본주의 미소로 무장하고 세상에서 가장 친절한 사람으로 변신한다. 특히 살가운 젊은 원장 부부의 모습을 어필하는 게 포인트다. 연로하고 퉁명한 고시원 원장보다는 그래도 젊고 빠릿빠릿한 원장 내외가 애한테 좀 더 신경을 쓰겠지, 하는 것 같다. 아이 둘과 함께 찍은 단란한 가족사진은 필살기다. 애 키우는 엄마의 마음은 어딜 가든 다 비슷하지 않겠나, 하고 안심하는 게 눈에 보인다. 덩치 크고 잘 웃는 남편도 어머님들 입장에서는 든든한 삼촌처럼 보이는 것 같았다.

아무튼 엄마의 꽁무니를 따라온 그 학생은 고시원 방을 구경하는 그 순간까지도 자신이 처한 현실이 믿기지 않는 듯한 모양이었다. 이 비좁은 방에서 수개월 혹은 일 년 이상 틀어박혀 공부에 매달려야 한다는 사실을 부정하고 싶겠지. 그와 달리 자식 잠자리를 살피는 엄마는 방 구석구석을 꼼꼼하게 살피며 수십 개의 질문을 쏟아냈다. 우리는 인내심을 가지고 진득하게 답했다. 마침내 엄마의 마음에 합격! 작전은 오늘도 성공했다. 그런데 계약서를 쓰고 돌아서는 순간 어머님이 던진 한마디가 내 심장을 얼얼하게 만들었다.

"원장님예, 우리 아들, 정말 잘 좀 부탁드립니다."

조금 전까지만 해도 심사위원처럼 날카롭게 질문을 던지던 엄마는 더 이상 거기에 없었다. 그저 노심초사 자식 걱정에 속을 끓이는 모성애 가득한 엄마만 존재했다. 잘 부탁한다라. 군대까지 다녀온 다 큰 아들을 잘 부탁한다라. 어머님의 진심 어린 부탁에 쓸데없는 무게감을 느껴버리고 말았다.

엄마, 아들, 이런 단어는 왜 이리도 쓸쓸하고 애처로운지. 어깨가 무거웠다.

책을 출간하기 전에 만났던 출판 관계자와의 일화가 떠올랐다. 첫 만남에 미처 명함을 준비하지 못했다며 미안해하는 나에게 그는 이렇게 말했다.

"괜찮습니다. 작가는 글이 명함이죠."

아, 작가는 글이 명함이구나. 집에 오는 내내 그 한 문장이 머릿속을 맴돌았다. 그리고 전철 창밖을 바라보며 스스로에게 낯선 질문을 던졌다. 이제 막 글쓰기를 시작한 내가 과연 작가라는 말을 들을 자격이 있을까. 아이들을 키우면서 지금과 같은 마음으로 계속 글을 쓸 수 있을까. 무슨 글을 써야 할까. 내 글이 사람들에게 어떤 울림을 줄 수 있을까. 아니, 종이만 낭비하는 건 아닐까……

우리에겐 이처럼 각자의 위치에서 고민하고 짊어져야 할 삶의 무게가 있다. 내가 짊어져야 할 삶의 무게는 무엇일까. 엄마로서는 사랑을 다해 아이들을 키워야 할 것이고, 작가로서는 진심이 왜곡되지 않도록 한 글자 한 글자에 최선을 다해야 할 것이다. 그렇다면 고시원장으로서는? 고시원 원장은 무엇으로 그 책임을 다했다 할 수 있을까?

겨울엔 행여나 공부하는 학생들 컨디션 망칠까 봐 초겨울부터 난방에 신경을 쓴다. 그래도 춥다고 하면 전기장판을 넣어주고 자동 전원 차단 기능이 있는 전열 기구도 준비해준다. 그렇게 한겨울을 보내고 다시 여름이 되면 그간 쌓인 먼지나 곰팡이 때문에 비염이라도 생길까 싶어 전문가를 불러 에어컨을 깨끗하게 청소한다. 요즘은 또 빈대 때문에 난리라서 며칠 전 전체 방역도 실시했다. 시험이 끝나면 가끔 안면이 있는 학생에게 격려 메시지와 함께 커피 쿠폰을 선물하기도 하고, 코골이가 심한 입실자들은 다른 입실자들과 부딪히지 않게 방 배치에 각별한 신경을 쓴다.

어찌 보면 당연한 일이지만 이 당연한 걸 잘 해내는 것. 내 가족, 내 자식이라 생각하고 먹고 자는 걸 조금 더 세심하게 챙기려고 노력하는 것. 그래서 지방에 계신 어머님이 발 뻗고 주무시도록 해주는 게 고시원 원장이 짊어져야 할 삶의 무게가 아닐까 싶다. 꿈을 이루기 위해 고된 시간을 보내는 고시생들에게 내가 줄 수 있는 건 오직 그것뿐이다. 자식을 걱정하고 응원하는 부모의 애틋한 마음을 헤아리고 공감하는 것. 그것이 전부다.

제발 그 사람을
살려주세요

고시원을 시작하면서 우리는 일과 사생활의 분리를 위해 몇 가지 장치와 기준을 만들었다. 첫 번째는 고시원 전용 업무폰을 만든 것이었고, 두 번째는 밤 10시 이후에 오는 상담 전화는 받지 않기로 한 것이다. 처음에는 시도 때도 없이 울리는 상담 전화와 메시지에 신이 났다. 하지만 며칠 동안 낮밤 상관없이 상담이 이어지자 신경이 곤두서기 시작했다. 결국 우리는 10시 이후엔 전화를 받지 않고, 어쩔 수 없는 입실자들의 민원에만 대처하기로 했다. 그렇게 몇 달 동안 수백 통의 입실 상담 전화를 경험하자 나중엔 통화만으로도 이상한 입실자를 구분해낼 수 있는 동물적인 감각이 생겼다. 그들에겐 야심한 시간에 전화를 건다는 공통점이 있었는데 이 법칙은 한 번도 틀린 적이 없다.

그날은 유난히도 육아가 힘들었다. 코로나와 독감이 동시에 유행하면서 아이들이 고열과 콧물에 시달렸고, 결국 둘 다 보육시설에 가지 못해 집에서 혼자 보아야 했다. 간신히 아이들을 재우고 파김치가 된 몸을 소파에 눕힌 지 얼마 되지 않았을 때 전화벨이 울렸다. 이미 11시를 훌쩍 넘긴 시각이었다. 애써 모른 척했지만 전화기 너머의 발신자는 포기를 모르는 사람이었다.

"왜 자꾸 전화하지? 고시원에 무슨 일 생긴 건 아니겠지? 설마 불이라도 난 거 아니야?"

"에이 설마. 그래도 모르니까 일단 한번 받아보자."

결국 갓난아이처럼 보채는 전화벨 소리를 무시할 수 없어 마지못해 수화기를 들었다.

"감사합니다. 고시원입니다."

"아! 안녕하세요, 원장님! 늦은 시간에 너무 죄송합니다. 저 ○○호 입실자 여자친구인데요. 남자친구가 저녁 6시 이후부터 연락이 두절되어서요. 너무 걱정돼요. 흑흑."

그녀는 우는 목소리로 다급하게 사정을 쏟아냈다.

"네? 연락이 두절되었다고요?"

순간 동료 원장들이 들려주었던 끔찍한 사건 사고 장면들이 속수무책으로 떠올랐다. 침착하자. 침착해. 남편과 나는 떨리는 눈빛을 주고받으며 천천히 통화를 이어갔다.

"혹시 어디 아프시다거나, 두 분이 심하게 싸우셨다거나, 다른 특별한 일은 없으셨나요? 지금 제가 이미 퇴근을 했고, 고시원에 상주하고 있는 상황이 아니라서요."

"특별한 사건은 없었어요. 평소에 이렇게까지 연락이 닿지 않은 적도 없었고요. 단 한 번도요. 원래 무조건 바로바로 연락이 오고 통화가 잘 되는데, 지금 수십 번 전화를 해도 몇 시간째 답이 없어요. 한 서른 통은 한 것 같아요."

"네? 서른 통이나요? 일단 CCTV 돌려보고 방에 들어가셨는지 행적을 확인해볼게요. 진정하시고요. 너무 걱정하지 마세요. 금방 전화드리겠습니다."

"감사합니다……. 흐윽."

○○호라. 우리 부부는 머리를 맞대고 기억을 더듬었다. 여자친구가 애타게 찾는 그 입실자는 우리의 첫 손님이었다. 인수 직후 만실이라던 고시원의 공실이 10여 개로 불어나 전전긍긍하고 있을 때 한 줄기 빛처럼 나타난 고마운 고객이었다. 건실해 보이는 그는 이직을 준비 중이었고, 3개월 정도 머물 것이라 했다. 그 당시 새내기 원장이었던 우리는 실수로 매달

5만 원이나 손해를 보고 방을 내주었기에 그를 선명하게 기억해낼 수 있었다. 며칠 전 다시 취직했다며 재계약을 진행했을 때만 해도 매우 무탈해 보였는데, 대체 이게 무슨 일이람. 그러나 말 못 할 사정은 겉으로는 잘 드러나지 않는 법이기에 한시라도 빨리 그의 묘연한 행방을 찾아야만 했다.

CCTV 확인이 급선무였다. 복도 CCTV에 퇴근하고 방으로 들어가는 입실자의 모습이 보였다. 그의 표정이나 안색을 살피고자 화면을 크게 확대해보았지만 그런 것까지는 보이지 않았다. 하긴 그가 죽기 직전의 표정을 지었다 해도 고작 두어 번 마주친 내가 낌새를 알아차리긴 어려웠을 것이다. 방에 들어간 그는 잠시 뒤 문을 열고 나와 주방으로 향했다. 그의 손에는 편의점에서 산 듯한 도시락과 주전부리 음식이 들려 있었다. 음식을 데우고 방으로 들어간 그는 두 번 다시 다시 밖으로 나오지 않았다. 만일 편의점 도시락이 그의 30년 인생 마지막을 장식하는 최후의 만찬이었다면 그건 너무 잔혹한 일이라는 생각을 하며, 나는 애타게 기다리는 여자친구에게 전화를 걸었다.

"남자친구분 모습을 CCTV로 확인해봤는데요. 퇴근 후 주방에서 간단한 요리를 하신 것 같고 방으로 들어간 다음 나오지 않으셨어요. 회색 추리닝 바지에 검은색 티셔츠 차림이었고, 평소와 크게 달라 보이진 않습니다만⋯⋯. 아직도 연락이 안 되나요?"

"네, 아직도 전화를 받지 않아요. 평소와 다름없어 보이나요? 늘 입던 옷 맞는데. 그런데 진짜 이렇게까지 연락 안 된 적이 없어요. 흑흑."

"일단 계속 연락해보세요. 저도 방법을 찾아볼게요."

남자친구보다 먼저 숨통이 끊어질 듯 우는 그녀를 위해서라도 당장 가서 확인해야 했다. 슈퍼맨 어르신이 계셨다면 부탁을 드렸을 텐데, 그날은 때마침 그가 가족 행사 때문에 고시원을 비우고 없었다. 혹시라도 모를 상황을 대비해 근처에서 가장 가까운 병원이 어디인지 떠올리며 우리는 나갈 채비를 했다.

그때 불현듯 한 가지 묘책이 떠올랐다. ○○호와 같은 층에 사는 붙임성 좋은 남학생에게 부탁을 하는 것이다. 약 한 달 전에 입실한 그 학생은 고시원은 처음이라면서도 새로운 생활에 대한 두려움보다는 설렘으로 가득 차 있었다. 물어보지 않아도 자기 얘기를 줄줄이 늘어놓던 그 남학생은 고시원 사람들과 친하게 지내고 싶다며 언제든 도움이 필요하면 연락달라고 했다. 그래, 그 학생이라면 이런 부탁을 들어줄지도 몰라. 사람을 살릴 수만 있다면 밤 12시에 전화를 거는 민폐 원장이 되는 일은 백 번이고 천 번이고 감수할 수 있었다.

"죄송한데 ○○호 입실자가 연락이 너무 안 된다고 하셔서요. 혹시 문 한 번만 두드려주실 수 있을까요? 생사만 좀 확인해주세요."

말이 끝나기 무섭게 재빠르게 발걸음을 옮기는 소리가 들렸다.

"지금 ○○호 앞이에요. 한번 두드려보겠습니다."

쿵! 쿵! 쿵!

"저기요! 혹시 안에 계신가요? 저기요?"

나 대신 문을 두드려주는 고마운 학생도, 수화기 너머 결과를 기다리는 원장 부부도, 집에서 남자친구의 생사를 걱정하는 여자친구도 그 순간만큼은 한마음 한뜻이었다. 제발 별일이 없기를…….

쿵! 쿵! 쿵!

"저기요. ○○호 님, 계시면 대답 좀 해보……"

그때였다. ○○호의 방문이 벌컥 하고 열렸다. 충혈된 눈으로 까치머리를 하고 나온 문제의 입실자는 누가 봐도 매우 안녕해 보였다. 참말로 다행이었다. 신이시여, 고맙습니다! 멀쩡한 그의 모습에 우리는 놀란 가슴을 쓸어내렸다. 가장 먼저 이 기쁜 소식을 여자친구에게 짧은 문자로 남겼다.

"확인했습니다. 깜빡 잠드셨다고 해요. 통화해보세요."

다음 날, 여자친구의 사랑을 한 몸에 받고 있는 그는 괜한 걱정을 끼쳐 죄송하다는 말과 함께 커피 쿠폰을 보내왔다. 멋쩍은 감사와 민망함이 뒤섞인 마음의 표현이었다. 살았으면 된 거지. 그래, 살았으면 다행이야. 나 또한 간밤의 긴장과 걱정은 뒤로 한 채 진심을 담아 답장을 보냈다.

"별일 없으셔서 다행입니다. 두 분 앞으로도 행복하세요."

그렇게 그날의 한바탕 소동은 역대급 스릴러로 시작해 허무맹랑한 해피엔딩으로 마무리되었다.

사실 나에게도 비슷하게 민망한 사건이 하나 있었다. 첫 아이를 낳고 백일쯤 되었을 때였다. 통잠 자는 법을 아직 배우지 못한 갓난아기는 수 시간 간격으로 자다 깨기를 반복했고 나는 거의 반송장 상태가 되었다. 한번은 회사에 있던 남편이 전화를 했는데 어찌나 깊이 잠들었는지 전화 온 사실을 까맣게 몰랐다. 평소 그런 일이 없었기에 소심한 남편은 수십 번 전화를 걸며 애간장을 태우다, 결국 옆집 아주머니 연락처까지 수소문해서 내 생사를 확인해달라고 요청했다.

문밖에서 누군가가 현관문을 거세게 두드리며 '새댁, 새댁! 새댁, 안에 있어요?' 하는 게 들렸지만 이게 꿈인지 생시인지 싶어 한참이 지나서야 눈을 떴다. 자초지종을 전해 듣고는 어찌나 얼굴이 화끈거리던지. 그날 밤 남편에게 제발 유난 좀 떨지 말라며 괜한 역정을 냈지만, 한편으로는 그토록 나를 걱정해주는 절절한 마음이 고마워 내심 감동을 받았더랬다. 이토록 누군가 나를 아끼고 사랑해준다는 게 얼마나 고마운 일인지.

고시원에는 별별 사람이 모여 살고 있는 만큼 별별 사건이 다 일어난다. 하지만 그렇게 별난 사람들도 가만 들여다보면 누구 하나 하찮은 존재가 없다. 모두 누군가에게는 애틋한 아빠이고, 사랑스러운 연인이며, 자랑스러운 아들 딸이다.

'꽃으로도 때리지 말라.'

오래전 국민배우 김혜자 선생님께서 유행시킨 베스트셀러 책 제목이다. 작고 연약한 아이를 무엇보다 소중하고 고귀하게 대해야 한다는 의미를 담고 있지만, 비단 아이들만의 이야기가 아니다. 어른이든 아이든, 부모든 자식이든, 우리는 모두 한 사람 한 사람이 소중한 존재임이 분명하다. 부득이한 사정 때문에 사랑하는 이를 고시원에 보내야 했던 안타까운 마음을, 늘 잘 되기만을 바라는 따사로운 마음을 헤아려본다. 옆집 아주머니까지 소환해 나와 아들의 생사를 묻던 지난날 우리 남편의 마음처럼 말이다.

주인님,
대단히 감사합니다

　의외로 사람들이 잘 모르는 사실이 있다. 고시원에는 외국인들도 많이 산다. 특히 강남, 신촌, 홍대 쪽에는 외국인 손님 비중이 굉장히 높은 편이다. 고시원 임장을 하며 강남 쪽 노른자 입지에 있는 매물을 보러 간 적이 있는데 외국인 손님이 절반 이상이라는 얘기를 듣고 깜짝 놀랐던 기억이 있다. 그래서 한창 코로나가 터졌을 때, 외국인 손님 비중이 높았던 고시원은 타 고시원에 비해 타격도 컸다고 한다.

　고시원을 찾는 외국인 손님은 대부분 관광객, 유학생, 근처 직장인 혹은 아르바이트생 신분이다. 입실 기간은 보통 짧게는 한 달, 길게는 1~2년 정도이다. 국적은 캐나다, 일본,

중국, 베트남까지 참으로 다양한데 그만큼 사는 모습도 가지
각색이다. 우리 고시원에도 많은 수는 아니지만 외국인 손님
이 몇 명 살고 있다. 그중에서도 가장 인상 깊었던 손님은 바
로 베트남 국적의 청년들이었다. 그들은 입실 과정부터 남달
랐다.

무조건 제일 싼 걸로 주세요

외국인 손님이 입실 문의를 할 땐 더듬더듬 한국말로 전
화를 걸어오거나 번역기 돌린 듯한 부자연스러운 말투로 메
시지를 보내는 게 보통이다. 그런데 베트남 손님들은 순서가
좀 달랐다. 근처에서 베트남 식당을 운영하는 한국인 사장님
이 단체로 묵을 방을 알아보러 온 것이다. 수험생을 끌고 온
어머니나 남자친구 손을 잡고 온 여자친구는 많이 봤어도 베
트남 청년들을 데리고 온 여자 사장님은 처음이었다.

입실 상담을 하는 과정도 남달랐다. 보통은 방의 크기, 환
기 정도, 채광 여부 등을 살펴본 뒤 가격을 조율한다. 그런데
그 사장님은 묻지도 따지지도 않고 가장 저렴한 방을 달라고
했다. 컨디션이 좀 괜찮은 방을 보여줬는데 가격을 듣더니
아예 눈길도 보내지 않았다. 그래 봤자 한 달에 5만 원 정도
밖에 차이가 안 나는데 말이다.

그동안 대학생, 고시생, 취준생, 직장생활을 막 시작한 사회 초년생에 이르기까지, 이미 성인이 되었지만 아직 온전히 사회에 뿌리내리지 못한 자식들의 뒷바라지를 위해 두 발 벗고 나서는 부모님들을 많이 보았다. 그들은 하루에도 몇 번씩 카카오톡으로 방 사진을 보내달라, 벌레는 없냐, 냉난방은 잘 되냐, 주방에 비치된 쌀은 어디 제품이냐 등등 온갖 질문을 퍼부으며 원장을 괴롭혔다. 온 가족을 대동하고 와서는 2평짜리 고시원 방을 한 시간씩 뜯어보기도 했다. 그에 비하면 베트남 청년들의 방 구하기 과정은 너무나도 간결했다. 싸기만 하면 되었으니 말이다. 과연 그 사장이 자기 자식의 방을 구하는 입장이었더라도 무조건 싼 것만 찾았을까? 나도 돈을 벌기 위해 고시원을 운영하고 있지만, 사람보다 돈만 우선시하는 그 태도는 어쩐지 보기 불쾌했다.

음악도 여기선 소음이에요

우리 고시원은 평소에도 쥐새끼 한 마리 없나 싶을 정도로 조용한 편이라서 그간 단 한 번의 소음 민원도 발생한 적이 없었다. 그런데 어느 날, 어디선가 아주 큰 소리로 신나는 음악 소리가 울려 퍼진다는 민원이 들어왔다. 소음이 나는 위치를 추적해보니 다름 아닌 베트남 청년의 방이었다. 나는 즉각 시끄럽게 하면 안 된다고 주의를 주었다. 한국말이 익숙하지 않은 그들에게 상황을 설명하느라 애를 먹었는데, 고시원 방음 수준이 이 정도인 줄 몰랐다고 했다. 나중에 알게 된 바로는 베트남 사람들은 우리와 달리 소음에 대한 인식이 별로 심각하지 않다고 했다.

의사소통이 제대로 된 건지 아리송하여 재발 방지 차원에서 다음 날 식당 사장님께 지난밤의 일을 얘기했다. 앞으로는 그런 불미스러운 일이 벌어지지 않도록 베트남 청년들에게 잘 말해달라고 신신당부했는데, 정말 신기하게도 그날 이후로 단 한 번도 소음 문제를 일으킨 적이 없다. 소음은커녕 규칙에 어긋나는 다른 사소한 문제도 일으킨 적이 없다. 베트남 청년들에겐 한국인 사장님의 존재감과 영향력이 엄청나게 큰 것 같다는 생각이 들었는데, 괜스레 나 때문에 크게 혼난 것은 아닌지 미안한 마음이 들었다.

먼 이국땅 2평짜리 고시원에서도 사랑은 꽃핀다

역시 사랑의 힘은 위대하다. 동서고금을 막론하고 어떤 상황에서도 사람들은 틈만 나면 연애를 한다. 그곳이 전쟁터든 종교시설이든 국적과 나이를 불문하고 러브스토리는 늘 존재한다. 우리 고시원 역시 마찬가지다.

하라는 공부는 안 하고 매일 애인을 만나러 가는 재수생이 있는가 하면, 아예 고시원 앞에 스터디 카페를 끊고 같이 앉아서 공부하는 고시생도 있다. 고시원에 들어온 목적은 제대로 마음먹고 공부에만 집중하기 위함이 아니던가! 그런 친구들을 볼 때면 어머님의 마음이 빙의되어 분통이 터지기도 하지만, 풋풋한 청춘들의 끓는 열정이 부러워 마음이 말캉말캉해지기도 한다.

나보다 독자님들이 더 잘 알겠지만, 대부분의 연애는 극단적인 환경에서 더욱 짜릿하고 로맨틱하게 느껴지는 법이다. 그런 의미에서 먼 이국땅의 낯선 식당에서 함께 일하며 심지어 같은 고시원에 머무는 청춘 남녀의 연애는 어쩌면 당연한 수순인지도 몰랐다. 같은 층에 사는 두 사람은 각자의 방을 수시로 오가며 사랑을 나누었다. 그럴 거면 차라리 제대로 된 집을 구해 같이 사는 게 낫지 않을까 싶었는데, 비용 문제 때문인지 그런 얘기는 아예 나오지 않았다. 그래도 다행인 점은 두 청춘 남녀로 인한 음탕한 소음 민원은 아직 없었다는 점이다.

어쨌든 나는 부디 이들의 서울 생활이 사랑의 힘으로 조금 더 즐겁고 아름답길 바란다. 아무리 힘들고 어려운 상황이라도 사랑하는 사람과 함께라면 이겨낼 수 있을 테니 말이다.

고시원장은 주인님이 아니에요

이런 일도 있었다. 다가올 여름을 준비하며 각방에 설치된 에어컨을 순서대로 청소하고 있었다. 우리는 입실자들에게 문자를 보내 에어컨 청소가 가능한 일정을 알려달라고 했다. 그런데 어느 베트남 청년에게 온 답장이 너무 뜻밖이었다.

"주인님, 죄송합니다."

주인님? 순간 내 귀를 의심했다. 지금이 무슨 중세시대도 아니고 주인님이라니! 이 낯선 호칭을 어떻게 받아들여야 하나 고민하는데 문자가 또 도착했다. 이어지는 그의 말은 이러했다. 욕실이 언제부턴가 매우 더러워졌는데 이 점이 매우 죄송하다는 것이다. 욕실이 뭐 얼마나 더럽다고 주인님이라고 부르면서까지 사과할 일인가? 하지만 도착한 사진 메시지를 보고는 너무 놀라 소리를 지를 수밖에 없었다. 욕실 천장부가 먹칠을 한 듯 온통 새까만 곰팡이로 뒤덮여 있었던 것이다.

어떻게 상황이 이렇게 될 때까지 말 한마디 꺼내지 않았던 걸까? 채광도 환기도 좋지 않은 가장 저렴한 방이었으니 곰팡이가 생길 순 있지만 그래도 이건 좀 심했다. 심지어 본인이 살면서 곰팡이 냄새를 어떻게 견뎠을지 가늠이 안 됐다. 진작 얘기해줬으면 미리 청소도 하고 환기 잘되게 하는 방법도 일러주었을 텐데.

하지만 가만 생각해보니 그 청년의 마음이 조금은 이해되었다. 괜히 말했다가 돈밖에 모르는 고시원 원장이 모두 배상하라고 엄포를 놓을 수도 있고, 음식점 사장님의 귀에 들어가 크게 혼날 수도 있으니 까맣게 번지는 곰팡이처럼 그의 마음도 까맣게 타들어 갔을 것이다. 그런데 에어컨 청소를 하게 되면 어쩔 수 없이 들통나게 될 테니 그 미안한 마음을 '주인님'께 미리 얘기한 것이다. 나는 괜찮다고 답장을 보내고, 에어컨 청소를 하는 날 곰팡이 전문가를 불러 욕실 천장도 깨끗하게 닦았다.

그날 밤, 베트남 청년에게서 다시 문자가 왔다.

"주인님, 대단히 감사합니다."

주인님이라는 단어는 다시 들어도 익숙하지 않았다. 나는 답장을 보냈다.

"저는 주인님이 아니고 원장님이에요. 앞으로 바람 잘 통하게 창문 잘 열어주시고, 또 곰팡이 생길 것 같으면 미리 얘기해주세요. 다 괜찮으니 편하게 지내요."

그 뒤로 베트남 청년은 고시원에서 마주치면 매우 깍듯이 인사를 건넸다. 입실료도 착실하게 납부하고, 우리 고시원 생활이 마음에 드는지 여기저기 소개를 하고 다녔다. 지금까지도 베트남 사람들의 입실 문의가 끊이지 않는 걸 보면 그 청년의 인맥이 상당한 것 같다. 어떤 대가를 바라고 베푼 친절이 아니었는데…… 생각해보면 결국 배려나 친절이란 게 남을 위한 게 아니라 나를 위한 거라는 생각이 든다. 그 친절을 당연하게 여기지 않은 베트남 청년에게 고마울 뿐이다.

문득 베트남 물가가 궁금해서 인터넷에 검색해보았다. 음료수 한잔에 1천 원, 밥 한 끼에 2천 원 정도이고, 급여는 우리나라와 7~10배 정도 차이라고 한다. 최근 코리안드림을 꿈꾸며 한국어 공부를 열성적으로 하는 베트남 청년이 많다고 하던데 10배라는 급여 차이를 생각하면 당연한 현상인 것 같다.

하지만 그 부작용도 상당해서 음성적인 루트로 입국하거나 관광비자로 들어온 뒤 불법 취업을 하는 경우도 많단다. 이럴 경우 의료보험이나 산재보험의 혜택을 전혀 받을 수 없고, 임금도 적어서 오히려 병만 얻어 돌아가는 경우가 있단다. 심지어 불법체류자 신분이 발각될 경우 기간에 따라 몇백, 몇천만 원의 벌금도 내야 한단다.

우리 고시원에 사는 베트남 청년들도 큰 꿈을 가지고 한국으로 왔을 것이다. 고향에 있는 가족들의 생계를 책임지기 위해 식당에서 밤늦게까지 일하고, 고시원에서 가장 싼 2평 짜리 방에 몸을 눕힐 것이다. 신나는 음악을 들을 수도 없고, 영상 통화도 못 하는 그런 방에서 자신의 미래에 어떤 희망이 있는지 가늠하고 있을 것이다.

헬렌 켈러는 말했다.

"희망은 볼 수 없는 것을 보고, 만질 수 없는 것을 느끼며, 불가능한 것을 이룬다."

우리 고시원이 베트남 청년들이 가진 희망의 싹을 틔울 수 있는 단단한 밑거름이 되었으면 좋겠다. 그 작은 희망이 쑥쑥 자라 돈도 많이 벌고, 하고 싶은 일도 할 수 있는 기회가 되었으면 좋겠다. 그리고 언젠가 고향에 있는 가족들과 함께 행복한 시간을 보냈으면 좋겠다. 오늘 내가 고시원에서 퇴근해 가족의 품으로 돌아가듯이, 그들의 삶에 사랑하는 가족이 늘 함께하길 진심으로 바란다.

중국 대사관에서
일한다고요?

중국인에 대한 우리나라 사람들의 인식은 썩 좋지 않다. 시끄러운 말투, 비위생적 환경, 화통을 넘어 불같은 성격 등 나 역시 중국인이라는 단어를 떠올리면 이런 이미지가 떠오른다. 중국에 가본 적도 없고 중국인 친구를 사귀어 본 적도 없지만, 대중매체와 여행지에서 마주쳤던 중국인들의 모습은 어딘지 모르게 과장되어 보였고 막무가내인 느낌도 없지 않아 있었다.

그런데 얼마 전 우리 고시원에도 중국인 손님이 들어왔다. 베트남 손님에 이어 두 번째 외국인 손님이었다. 시끄럽게 굴면 어쩌나, 방을 더럽게 쓰면 어쩌나, 이웃들과 트러블을 일으키면 어쩌나 걱정이 이만저만이 아니었다. 그럴 만도 한 게 중국인 입실자를 받아본 다른 원장님들의 이야기가 너무 충격적이었다. 그들이 들려준 에피소드는 고시원장에겐 정말이지 호환 마마보다도 무서운 것들이었다. 개중에 특히 세 가지 이야기가 기억에 남았다.

첫 번째 이야기는 중국인 손님이 공실률을 높인다는 것이다. 대학가에 위치한 고시원의 경우, 특정 대학 학생들을 대상으로 영업하기 때문에 재계약률이 매우 중요하다. 그런데 어느 날부턴가 재계약률이 뚝 떨어져서 퇴실하는 학생에게 물어보니 중국인 손님 때문이라고 했다. 중국인 입실자가 속옷 바람으로 아무렇지 않게 복도를 돌아다니고 이상한 냄새가 나는 음식을 자주 해 먹어서 같이 지내기에 불편한 점이 많다는 것이다. 고시원에 중국인 손님이 있다면 영업에 지장이 갈 수도 있다는 얘기다.

두 번째 이야기는 정말 입에도 담기 힘들 정도로 살 떨리는 일이다. 바로 허리춤에 칼을 차고 다니는 중국인 입실자가 있었다는 것이다. 고시원을 운영하다 보면 가장 힘든 일이 사람 상대하는 일임을 깨닫게 된다. 특히 험한 동네에서 장사를 할수록 그 난이도가 극상으로 올라간다. 대화가 아예 안 통하는 사람, 피해망상에 시달리는 사람, 경찰에 수배 중인 사람 등등 케이스도 다양하다. 이럴 경우 민원에서 끝나는 정도가 아니라 안전에 문제가 생길 수도 있다. 그런데 칼을 차고 다니는 중국인이라니 생각만 해도 오금이 저렸다. 실제로 얼마 전엔 경기도의 어느 고시원에서 중국인들끼리 칼부림을 했다는 기사가 나기도 했다.

세 번째 이야기는 두 번째에 비하면 좀 양반인 경우다. 중국인들이 공용 공간을 매우 엉망으로 쓰거나 공용 자원을 헤프게 사용한다는 얘기였다. 특히 입실료에 포함되어 있는 전기, 수도, 난방 등을 펑펑 써서 수익률에 큰 타격을 입힌다는 것이다. 최근에 이와 관련된 충격적인 기사를 하나 보았는데, 어느 공유 숙박업소에 묵었던 중국인 부부가 120톤의 물을 사용했다는 내용이었다. 6일 동안 쉬지 않고 수도꼭지를 틀어 놔야 겨우 120톤이 된다는데 도대체 숙소 안에서 무슨 일을 했는지 궁금할 따름이다. 당연히 숙소 주인은 수도 요금 폭탄을 맞았다.

그 외에도 중국인과 관련된 고시원 괴담은 한두 개가 아니었다. 이러니 개인적으로는 중국인에 대해 별생각 없을지 몰라도 고시원장으로서는 중국인에 대한 감정이 안 좋을 수밖에. 하지만 중국은 우리나라에서 가장 가까운 나라다. 관광객이든 일하러 온 사람이든 주변에서 흔하게 보인다. 우리도 시대의 흐름에 따라 중국인 입실자를 맞이할 수밖에 없었다. 다행인 점은 우리 고시원을 찾아온 중국인 손님은 생각보다 정중하고 점잖았다는 것이다. 어딘가 모르게 중국인 특유의 화통함이 느껴지긴 했지만 말이다.

"방 있나요?"

"언제 입실 원하세요?"

"내일 당장 원합니다."

"네? 내일 당장이요?"

통화를 한 시각이 밤 9시인데 그는 내일 당장 입실하고 싶다고 했다. 나는 잠시 머뭇거렸다. 때마침 방이 하나 비어 있어서 만실을 채우고 싶은 욕심이 났으나 다른 원장님들의 이야기도 무시할 순 없었다. 결국 만실에 대한 욕심이 우려를 이겼다. 내일 방을 먼저 보고 결정하시라 말하곤 전화를 끊었다.

다음 날, 방을 보기 위해 고시원을 찾은 중국인은 호리호리한 몸매에 20대 후반에서 30대 초반으로 보이는 남성이었다. 첫인상은 크게 나쁘지 않았는데, 화이트셔츠에 어두운 네이비색의 면바지가 어우러진 멀끔한 비즈니스룩을 입고 있어서 더욱 그랬다. 말하지 않고 가만 서 있으면 한국인인지 중국인인지 구별이 되지 않을 정도였다. 우리는 그의 멀끔한 외모에 안도하며 입실 계약서를 작성했다.

하지만 방심은 금물! 그 뒤로도 얼마 동안은 혹시나 하는 마음에 중국인 입실자를 예의 주시했다. 다행히 중국인 입실자는 아주 평범하게 고시원 생활을 해나갔다. 규칙적으로 출퇴근하고 공용 주방도 깔끔하게 사용했다. 중국인 입실자에 대해 들었던 지금까지의 모든 얘기가 유언비어처럼 느껴질 정도였다.

한번은 남편이 복도에서 마주친 그에게 넌지시 물었다.

"고시원 생활은 할 만하신가요? 불편한 점은 없으시고요? 출퇴근하는 곳이 멀지는 않으세요?"

그는 서툴지만 꽤 정확한 한국말로 답했다.

"좋습니다. 만족합니다. 출퇴근은 중국 대사관쪽으로 하고 있습니다."

남편은 그날 저녁 엄청난 비밀을 파헤친 사람처럼 흥분한 목소리로 내게 말했다.

"여보, 그 중국인 입실자 말야. 대사관에서 일한대!"

어찌나 신나게 말하던지 나도 절로 기분이 좋아졌다.

"오오! 그 중국인 대단한 사람이었네. 그런데 대사관에서 일할 정도면 돈도 넉넉할 텐데 왜 고시원에서 생활하지?"

"에이, 요즘은 돈 있어도 일부러 고시원 생활하는 사람 많잖아."

"그렇긴 하지. 중국인이라고 해서 걱정했는데 다행이네."

"그치? 어떤 면에선 한국인 손님보다 훨씬 나아. 조용하게 불만 없이 잘 지내는 것 같아."

그 뒤로 우리는 더 이상 중국인 입실자에 대해 염려하지 않았다. 당연히 그는 속옷 차림으로 돌아다니지도 않았고 허리춤에 칼을 차고 다니지도 않았다. 중국인 입실자에 대한 내 우려는 기우에 불과했음이 판명되었고, 그는 지금까지도 여전히 잘 지내고 있다.

어느 정도 예측 가능한 직장생활과 달리 고시원은 직접 경험해보기 전까진 도저히 알 수 없는 것투성이다. 특히 사람을 판단하는 데 있어서는 더욱 조심해야 한다. 입실자에 대해 어쭙잖은 평가를 하고 원하는 그림에 짜맞추려고 할 때마다 나는 보기 좋게 뒤통수를 맞았다. 외모나 행색만 보고 불량할 거라 판단했던 사람도, 탄탄한 직장 명함과 옷차림을 보고 성실할 거라 판단했던 사람도 내 예상을 보기 좋게 빗나갔다.

그러는 사이 내게도 명징해진 것이 있다. 사람들의 입을 통해 전해지는 이야기는 절대 전부가 될 수 없다는 사실이다. 누군가를 섣불리 판단하고 나의 방식대로 재단하는 것이 얼마나 부질없고 어리석은 일인지 알게 되었다. 나는 고시원이라는 공간을 통해 다양한 사람들을 접하면서 더 멀리, 더 선명하게 볼 수 있는 시야를 갖게 되었다. 마치 표준 렌즈로만 바라보던 세상을 광각 렌즈로 볼 수 있게 된 것처럼. 어쩌면 우리는 타인에 대해 아무것도 모른다고 하는 게 맞을 것이다. 아무리 오래 본 사람이라도 누구나 그 안에 다른 인생을 숨기고 있을 수 있다.

"내가 무엇을 모르는지 알아야 앎이 시작된다."

유시민 작가가 어느 인터뷰에서 한 말이다. 모든 것을 내가 다 안다고 생각한다면 인생은 더 배울 것이 없다. 하지만 내가 무엇을 모르는지 알면 그때부터 살면서 진짜 배워야 할 인생의 지혜와 진실을 만날 수 있다. 나는 스스로의 부족함을 인정하고 아무것도 모른다는 사실을 겸허하게 받아들이기로 했다. 대신 고시원이라는 공간에서 만나는 사람들을 통해 보잘것없는 오만과 편견을 깨부수고 더 넓은 세상을 배워가기로 했다.

마지막으로 얼마 전 알게 된 재밌는 사실을 하나 더 알려주겠다. 중국 대사관 쪽에서 일한다던 중국인의 진짜 직장은 중국 대사관 근처의 편의점이었다. 중국인 입실자는 아무런 잘못이 없다. 거짓말을 한 적도 없고, 위선을 떤 적도 없다. 모든 것은 우리의 생각에서 비롯된 오해에 불과하다. 그리고 그 어이없는 사실을 알게 되었다고 해서 달라지는 것은 아무것도 없다. 여전히 그는 조용하고, 젠틀하고, 문제없이 잘 지내는 100점짜리 입실자 가운데 한 명일 뿐이다.

미국에서 온 멋쟁이 할머니 ①
— 좋은 친구가 생긴 것 같군요

오랜만에 고시원으로 출근한 날이었다. 고시원 운영이 안정화되면서 조금씩 여유가 생기기 시작했다. 오늘은 오전 중에 얼른 일을 마치고 점심시간에 맞춰 퇴근할 계획이었다. 날이 좋으니 근교로 나가서 맛있는 식사도 하고, 분위기 좋은 카페도 가볼 요량이었다. 이미 내 머릿속은 싱그러운 초록이 가득한 멋진 레스토랑에 앉아서 맛있게 식사를 즐기는 상상으로 가득했다. 나는 콧노래를 부르며 바삐 몸을 움직였다. 각종 분리수거와 쓰레기 처리, 어지러운 복도와 주방을 정리하는 일이 귀찮긴 했지만 곧 우리의 노동을 치하할 생각에 들떠 있었다. 그때 저 아래 계단에서 누군가 뚜벅뚜벅 걸어 올라오는 소리가 들렸다. 허기진 노동자에게는 영 반갑지 않은 발걸음 소리였다.

"익스큐즈 미? 헬로? 원장님 계시나요?"

익…… 익스큐즈 미? 할로? 이건 또 뭔 소린가 싶어 고개를 갸우뚱하며 시선을 옮겼다. 동그란 얼굴형에 모나지 않은 곡선, 짧은 커트 머리. 선글라스를 콧등에 가볍게 툭 걸친 한 노년 여성의 실루엣이 보였다. 우리 시어머니쯤 돼 보이는 연배였다.

"네, 안녕하세요. 어떻게 오셨을까요?"

"어머어머~ 마침 계셨군요. 다행이네요. 제가 잠시 스테이할 곳을 찾고 있거든요. 좀 둘러봐도 될까요?"

"아, 네……. 혹시 어느 정도 스테이 하실 예정이신지요?"

나는 나도 모르게 짧은 영어를 섞어가며 대답했다.

"음, 쓰리 몬쓰?"

"일단 지금 넓은 방은 만실이라 보여드릴 수 있는 게 없고요. 작은 방만 남아 있는데 괜찮으실까요?"

"오브 코즈! 물론이죠. 어느 쪽으로 가면 될까요?"

우리 고시원에 나이 든 분이 몇 계시긴 하지만 죄다 남자였다. 지금까지는 단 한 번도 나이 드신 여성 손님을 받아본 적이 없었다. 게다가 우아한 패션 센스와 자유자재의 영어 실력을 뽐내는 할머니라니. 왠지 모르게 마음에 들었다. 하지만 한 가지 마음에 걸리는 게 있었다. 그녀가 말 그대로 나이 많은 할머니라는 점이었다. 노년의 여성, 그러니까 흔히 우리가 할머니라 칭하는 사람을 손님으로 받고 싶지 않은 이유에는 몇 가지 그럴만한 사정이 있었다.

가장 큰 걱정은 건강과 안전 문제였다. 우리는 매일 출근해서 그녀의 안위를 살필 수도 없을뿐더러, 혹시 모를 위급 상황이 생겨도 돕기가 어렵다. 고시원과 전혀 어울리지 않는 고급스러운 자태의 할머니가 고시원에서 얼마나 잘 적응할 수 있을지도 의문이었다. 이렇게 그녀와 함께하기 어려운 이유는 여러 가지였으나 그녀와 함께해야 할 이유는 딱히 떠오르지 않았다. 그렇다고 해서 직접 찾아온 손님을 면전에서 문전박대할 수도 없는 노릇이었다.

나는 최대한 건성건성 무성의한 태도로 일관했다. 하지만 태생이 곰살맞은 남편은 눈치도 없이 그녀에게 친절을 베풀었다. 그의 사근사근함에 그녀는 이미 마음을 빼앗긴 눈치였다. 결국 우려했던 대로 그녀는 매우 흡족한 미소를 지으며 당장 계약서를 쓰고 싶다고 했다. 남편은 그제야 자신이 벌인 일을 수습하려는 듯 말했다.

"저 어머님 근데, 연세가 있으신데 이렇게 좁은 방도 괜찮으실까요? 저희는 엘리베이터도 없고 계단도 많아서요. 생활하시기에 불편하실 텐데…… 더 시설 좋은 쪽이 있으면 그쪽으로 가셔도 괜찮습니다. 급히 결정하지 마시고 좀 더 둘러보시고 오셔요. 계단 오르내리는 게 무릎 건강에 매우 좋지 않습니다. 그러다 행여 넘어지시기라도 하면…….”

미주알고주알 맞는 말이었다. 하지만 60년 이상 산전수전 공중전을 겪으며 눈치껏 세상을 살아온 손님에게는 씨알도 안 먹혔다.

“에고, 사장님, 무슨 그런 말씀을 하세요. 이 정도는 거뜬하게 오를 수 있어요. 지금 지내는 곳은 개인 화장실도 없고 영 불편해서요. 무엇보다도 저는 친절한 사장님이 가장 맘에 드네요.”

“저, 저요? 아, 말씀은 감사한데 저희 고시원은 젊은 친구들이 대부분이고 비슷한 연령대의 입실자분도 하필 남성분이셔서요. 불편하실 수 있어요.”

“어머, 나 젊은 친구들 너무 좋아해! 그런 무드 아주 맘에 들어요!”

이 할머니 보통이 아니다.

“그런데 외국에서 오신 것 같은데 고시원에 꼭 묵으셔야 하는 특별한 이유라도 있으실까요? 저희가 만일 어떤…… 예상치 못한 불미스러운 일이 생기면 곤란해서요. 죄송하지만 실례를 무릅쓰고 여쭤봅니다."

"아 그러니까 그게⋯⋯."

그녀의 사연은 이러했다. 원래 사는 곳은 미국인데 어떤 예기치 못한 소송에 휘말려 재판을 진행해야 하는 상황이라 잠시 한국에 들어왔다는 것이다. 자신은 엄연한 한국인인데도 한국 국적이 아니어서 재판에 불리한 위치에 있다고도 했다. 비용적으로 보나 생활적으로 보나 자기한텐 호텔보다 고시원이 제격이라며 그녀는 고시원 시설을 칭찬했다. 그런데 이런 복잡한 상황 설명을 듣는 와중에도 내 시선은 자꾸만 그녀의 손목 쪽으로 향했다. 꽤 비싸 보이는 고가의 시계를 차고 있었기 때문이다. 진퉁인지 짝퉁인지는 모르겠으나 어쨌든 명품은 명품이었다. 분명 비좁은 고시원보다는 넓고 안락한 호텔을 선호하실 것 같은데⋯⋯.

여하튼 이런저런 핑계를 대며 그녀는 기어코 입실 계약서를 쓰고야 말했다. 이제 우리 고시원에는 슈퍼맨 할아버지에 이어 미스터리 할머니가 생겼다. 그녀는 비상 연락망에 자녀 대신 남편의 연락처를 적으며 몇 주 뒤 남편도 잠깐 한국에 들어올 예정이라고 했다. 자녀들에겐 어떤 일이 있어도 한국에 있다는 사실을 알릴 수 없다며 선을 그었다. 그 이야기인

즉슨 최소한 몇 주 동안은 할머니가 아프거나 다쳐도 우리가 챙겨야 한다는 얘기인데……. 사근사근하게 군 남편이 벌써 원망스러웠다.

"한국에서 좋은 친구가 생긴 것 같군요."

그녀는 그날의 만남을 명쾌하게 '친구'라는 한 단어로 정리했다. 친구란 가깝게 오래 사귄 사람을 뜻하는 말이 아닌가? 오늘 처음 보고 계약서를 쓴 사람이 친구? 과연 우리는 미국에서 날아온 이 미스터리한 노년의 여성과 잘 지낼 수 있을까? 그녀의 말처럼 정말 친구가 될 수 있을까?

미국에서 온 멋쟁이 할머니 ②
– 담배와 기주떡을 좋아합니다

고시원에 오는 사람들을 관찰하다 보면 들고 오는 짐의 크기나 종류만 봐도 그 사람의 성격과 성향을 파악할 수 있다. 어떤 이는 평생 여기 살 사람처럼 2평짜리 고시원에 도저히 들어가지 않을 정도로 많은 이삿짐을 챙겨 오는데, 그 안에는 음식이 있을 때도 있고 옷이 있을 때도 있다. 대개 먹는 걸 좋아하고 외출을 즐기는 사람들이다. 반면 어떤 이는 수도승처럼 가방 하나로 끝내기도 한다. 그런 사람들은 고시원 안에서도 조용조용 없는 듯 사는 경우가 많다.

선글라스와 명품 시계가 인상적이었던 미국 할머니는 우리 고시원으로 짐을 다 옮기는 데 꼬박 일주일이 걸렸다. 짐이 많지는 않았다. 오갈 때마다 꼭 필요한 것만 조금씩 옮기느라 그렇게 오래 걸린 것이다. 그녀는 아무래도 심플하고 나름 정확한 걸 추구하는 사람이 아닐까 싶었다.

그녀가 이사를 완전히 마치던 날, 남편과 나는 겸사겸사 고시원으로 나갔다. 우리 고시원의 유일한 고령 여성 입실자이기에 그랬던 것도 있지만, 아무래도 그녀가 앞으로 지내게 될 방 상태에 대한 걱정이 컸다. 하필이면 그녀가 찾아왔을 때 하나 남아 있던 방은 옆 건물과 아슬아슬하게 접해 있어서 외창이 있어도 햇빛이 하나도 들지 않았다. 한낮에도 불을 켜지 않으면 낮인지 밤인지 헷갈릴 정도였다. 그런 이유로 지금껏 그 방은 밤늦게 들어와 잠만 자고 나가는 비교적 젊은 남성들의 차지였다. 그만큼 방세도 저렴했고. 그런데 젊은 원장 부부의 친절함에 홀라당 마음을 빼앗긴 60대 할머니가 덜컥 계약을 했으니 우리의 마음이 결코 편할 리 없었다.

우리는 괜스레 청소하는 시늉을 하며 그녀의 방 근처를 기웃거렸다. 빗자루와 대걸레를 손에 쥐고 쓴 데를 또 쓸고, 닦은 데를 또 닦았다. 한참 뒤 오늘도 역시나 깔끔하게 차려입고 외출 나서는 그녀를 만날 수 있었다. 웬만해서는 처량해지기 딱 좋은 곳이 고시원인데 그녀의 패션에서는 전혀 그런 게 느껴지지 않았다. 아니, 멋졌다!

"앗! 어머니, 안녕하세요. 잘 주무셨나요?"

나도 모르게 '어머니'라고 불러버렸다.

"오, 헬로~. 그럼요. 고시원이 아주 조용하고 좋네요. 호호."

"정말요? 뭐 불편하신 점은 없으시구요?"

"네, 아직까지는요. 전에 살던 곳보다 훨씬 좋은걸요."

"다행이네요. 저희가 엘리베이터가 없어서요. 오르내리기 힘드시면 아래층 공실 나왔을 때 옮겨드릴 수 있어요. 무릎에 무리도 갈 수 있고, 혹시 넘어지실까 봐 걱정도 되고요."

"노! 아니에요. 아니에요! 나는 지금도 좋아요. 진짜 괜찮으니까 신경 쓰지 마세요. 여기 옥상이 바로 있잖아요. 나쁘지 않아요. 다음에 또 보자구요. 시 유 레이터. 그럼 난 이만."

할머니가 계신 방은 맨 위층이었고 옥상과도 매우 가까웠다. 옥상은 답답한 고시원에서 유일하게 바람을 쐴 수 있는 탁 트인 공간으로 흡연자들의 사랑방이기도 했다. 남성 입실자들이 수시로 드나들며 담배를 피우는 곳이기에 더욱더 신경이 쓰였다. 그런데 그런 옥상이라도 마음에 들었다니 천만다행이었다.

"그 할머님 말이야. 담배 잘 태우시더라. 아까 옥상에서 맞담배 피웠어."

계단에서 그녀의 모습이 완전히 사라지자 남편이 입을 열었다.

"뭐? 그 할머니가 담배를?"

"응. 대박이지? 외국에서 오셔서 그런가 엄청 멋있게 피우시던데."

"그래서 옥상 가까운 게 좋다고 하신 거구나. 내가 괜한 걱정을 했네."

우아함을 잃지 않는 멋쟁이 60대 할머니의 기호품이 담배였다니! 다소 충격이었다. 나는 그녀를 우리네 엄마 같은 이미지로만 해석하려고 했다. 술 많이 마시지 마라, 담배 같은건 절대 손대지 마라, 옷은 단정하게 다려 입어라, 잔소리를하며 자식이 반듯해 보이길 강요하는 그런 엄마. 하지만 그녀는 반전 매력을 가진 애연가였다. 선글라스를 끼고 남자들사이에서 당당하게 담배에 불을 붙일 줄 아는.

어느 날은 문밖에서 인기척이 들리자 그녀가 부리나케 나와 내게 말을 붙였다.

"원장님 사모님 나오셨네, 아고~ 반가워라!"

"안녕하세요, 어머니. 그간 잘 지내셨지요?"

또 '어머니'다.

"물론이죠. 근데 마침 내가 자기를 진짜 애타게 찾고 있었다니까. 잘 만났어."

"네? 저를요? 왜요?"

"많이 안 바쁘면 잠깐만 내 방에 들어와 볼래요?"

"네? 방에요? 무슨 일로⋯⋯."

입실자의 초대를 받아 함께 방에 들어가는 일은 흔하지 않았다. 대개 입실자는 자신의 모든 사생활이 담긴 2평짜리 공간을 어떻게든 보여주지 않으려 한다. 당황한 기색이 역력한 내가 무어라 대답도 채 하기 전에 그녀는 강한 손아귀 힘으로 나를 잡아당겼다. 그녀의 방은 깔끔했다. 햇빛이 잘 들지 않아 걱정이었는데 따로 스탠드 조명을 갖다둬서 그런 기색을 전혀 느낄 수 없었다. 어디선가 은은한 향이 올라오는 것도 같았다.

"다른 게 아니라, 이것 좀 부탁해요."

그녀가 수줍게 내민 하얗고 네모난 물건. 다름 아닌 근육통에 붙이는 파스였다.

"내가 잠을 잘못 잤는지 며칠 전부터 어깨가 안 돌아가고 담 걸린 것처럼 너무 아프지 뭐예요. 그런데 아무리 해도 손이 닿지를 않아. 효자손으로 이렇게 저렇게 힘들게 붙였는데 영 불편해서 말이야. 이것 좀 붙여줄 수 있어요?"

"그럼요. 전 또 무슨 큰일이라도 난 줄 알았어요. 이리 줘

보세요."

그녀는 방문을 꽉 닫더니 아무렇지도 않게 웃옷을 훌러덩 추켜올렸다. 얼굴 본 지 세 번 만에 그녀의 속살을 보게 될 줄이야. 이것 또한 정말 예상치 못한 전개였다. 그녀는 정말이지 자유분방했다.

"이쪽이에요?"

"아니, 아니, 좀 더 왼쪽, 아니 오른쪽."

"됐어요? 여기 붙입니다."

"아이참! 그냥 여기 전체 싹 다 붙여줘요."

"전체 다요? 전체가 다 아프신 거예요?"

"아니, 혼자 있는 동안 또 어디가 아플지 모르잖아요. 그냥 다 붙여줘요."

애석하게도 그녀의 말이 맞았다. 내가 또 언제 와서 파스를 붙여줄 수 있을까. 나는 주름진 그녀의 등 전체를 파스로 도배해버렸다. 혼자 있을 때 아파서 서러운 마음이 들지 않도록 최대한 정성스럽게 말이다. 방을 나서는데 그녀가 고맙다는 말과 함께 검은 봉투 하나를 내밀었다. 봉투 안에 든 것은 파스처럼 하얗고 네모난 기주떡이었다. 마침 우리 첫째 아이가 가장 좋아하는 간식이었지만, 나는 그 선물을 차마 받을 수 없었다.

"아유, 제가 무슨 일을 했다고요. 넣어두셨다가 입 심심하실 때 챙겨 드세요. 그럼 저 갑니다."

나는 그녀가 다시 내 손목을 잡지 못하게 얼른 문을 닫았다.

집에 오는 길에 어느새 우리 아이들의 외할머니가 된, 친정엄마 생각이 났다. 내가 스무 살이 되었을 때부터 엄마는 어린 두 동생을 할머니 댁에 맡겨두고 밤낮 가리지 않고 밖으로 나가 일했다. 여자 혼자 가족의 생계를 책임져야 했기에 식당일, 농사일, 음식 장사까지 닥치는 대로 했다. 그 바람에 몸은 성한 곳이 없었고 늘 삭신이 쑤셨다. 가끔 서울에 있는 큰딸에게 전화를 걸어 미안하단 말과 함께 오늘같이 힘든 날 같이 삼겹살에 소주 한잔하고 싶다며 하소연하던 엄마.

하지만 스무 살의 나 역시 혼자 힘으로 살아가는 게 버거워 그런 엄마의 애달픈 하소연을 받아주지 못했다. 아니, 좀더 솔직하게 말하면 애써 모른 척했다. 엄마는 정말로 삼겹살이 먹고 싶은 게 아니었을 것이다. 그저 떨어져 있는 딸이 보고 싶고, 밤새 이야기를 나눌 말동무가 필요했던 거겠지. 파스 하나 붙여줄 사람 없는 미국 할머니만큼, 외로운 시간을 홀로 견뎠을 엄마를 생각하니 나도 모르게 그만 가슴 한구석이 먹먹해졌다.

고시원 옥상에서 멋지게 담배를 피우는 모습과 수줍게 기주떡을 건네던 그녀의 모습이 묘하게 뒤엉킨다. 인생의 고달픔을 담은 쓰디쓴 담배와 아이처럼 말캉한 기주떡을 좋아하는 그녀를 어떤 사람이라 정의해야 할지 모르겠다. 누군가의 아내로서, 또 엄마로서 그녀는 어떤 삶을 살아왔을까? 그녀가 피치 못할 사정으로 한국에서 홀로 고시원 생활을 하는 동안 우리가 잠시 친구가 되어줘야겠다 생각했다.

미국에서 온 멋쟁이 할머니 ③
– 힘들수록 보고 싶은 그 얼굴

남편이 뜻밖의 말을 꺼냈다.

"그 미국에서 오신 할머니 말이야. 요즘 좀 이상하셔."

"왜 무슨 일이야?"

"아니, 글쎄 누가 자기 방에 들어왔다 간 것 같다면서 이상한 소리를 하시더라구."

"진짜? 설마 비밀번호를 1234 이런 거로 해두신 건 아니겠지?"

반전 매력을 뽐내는 씩씩한 할머니가 그런 이상한 소리를 했다니 걱정이 앞섰다. 나이를 먹으면 쓸데없는 걱정이 많아진다는데, 아마 혼자서 고시원 생활을 하다 보니 불안한 마음이 커져 괜한 의심이 생긴 게 아닌가 싶었다. 다들 최소한의 짐만 두고 살아가는 고시원에서는 도둑이 들어도 큰 소득을 거두긴 어려울 것이다. 그래도 확실하게 말해둘 필요가 있었다.

고시원에서는 만일의 사태에 대비해 24시간 CCTV가 돌아간다. 틈날 때마다 스마트폰으로 실시간 모니터링도 한다. 덕분에 가끔 남의 신발장에서 신발을 훔치거나, 새로 사기 아까운 우산을 들고 가는 등 소소한 사건은 있었지만 다른 사람의 방에 들어가는 대형 사고는 없었다. 제발 그런 일이 없기를 바라며 할머니가 방을 비운 모든 시간대의 CCTV를 꼼꼼히 돌려보았다. 다행히 결과는 이상 무였다. 오히려 대부분 출근하거나 학원에 나가 있는 시간대여서 개미 새끼 한 마리 보이지 않았다.

나는 그녀의 방문을 똑똑 두들겼다.

"어머니, 저희가 말씀하신 시간대의 모든 CCTV를 확인해보았는데요. 아무도 드나든 사람이 없어요. 혹시 뭐 없어진 물건이라도 있으세요?"

"없어진 것은 없어요. 근데 내가 두고 간 물건의 위치가 달라져 있었어요. 내가 분명 이걸 이렇게 두고 갔는데 돌아오니 물건이 널브러져 있는 것 같고……."

"음, 원하시면 CCTV를 직접 확인시켜드릴 수도 있어요. 일단 비밀번호부터 한 번 더 변경하시고, 무슨 일 있으시면 언제든 전화 주세요."

"네. 그래요. 번거롭게 해서 미안해요."

"아닙니다. 안심하고 주무셔요."

"네, 나 때문에 괜히……. 그런데 비밀번호 변경은 어떻게 하는 거죠?"

"아……."

아무 일 없어서 한시름 놓긴 했지만, 어쩐지 평소와 다른 할머니의 모습이 영 마음에 걸렸다. 그녀의 마음속에 정체불명의 불안감이 도사리고 있음이 분명했다. 하긴 복잡한 송사에 휘말린 상태로 혼자 한국에 건너와 고시원에 머무르고 있으니 당연히 그럴 수밖에. 천만다행인 것은 다음 주에는 해외에 계신 남편분과 일본에서 만나 일주일간 여행을 즐기신다는 소식이었다. 여행은 지친 삶에 생기를 부여하는 힘이 있으니 분명 그녀에게 큰 도움이 될 것이다. 얼마 뒤 그녀는 한껏 상기된 표정으로 일본 여행을 떠났다.

그렇게 일주일이 흐르고 여행에서 그녀가 돌아왔다.

"원장님, 혹시 주변에 하룻밤 묵을 만한 숙소가 있을까요? 우리 할아버지가 하루 주무시고 내일 가야 할 것 같은데요."

재워달라는 말은 굳이 하지 않았지만 어쩐지 빈방을 내어드려야 할 것 같은 의무감이 들었다. 마침 잠시 비어 있는 방이 하나 있는 건 필연이었을까.

"건너편 대각선 방이 오늘 마침 비어 있어요. 복도 캐비닛에 여분 이불 있으니 그거 사용하시면 될 거예요."

"정말요? 원장님! 감사합니다. 비용은 다음 달 방값에 더해서 드릴게요."

"아니에요. 괜찮습니다. 신경 쓰지 마시고 편히 주무세요."

미국에 오래 사셔서 그런지 역시 계산은 정확하다. 모텔도 아닌 고시원에 그녀의 남편까지 재워주게 될 줄은 몰랐지만, 내일이면 다시 생이별해야 할 노부부에게 도저히 방을 내어주지 않을 수 없었다. 방이 조금만 더 넓었더라면 두 분이 편히 같이 쉴 수 있었을 텐데…… 한 사람만 간신히 누울 수 있는 고시원 침대가 애석할 뿐이었다.

고시원을 운영하면서 배운 사업 수완 가운데 하나는, 일이 잘되게끔 하려면 무엇보다도 고객의 마음이 편안해야 한다는 것이다. 깨끗이 청소를 하고 먹을 걸 많이 가져다 두어도 지내는 사람의 마음이 불편하면 고시원 운영은 잘될 수가 없다. 그런 의미에서 할머니를 위한 할아버지의 방문은 고시원 원장인 나에게도 감사한 일이라는 생각이 들었다. 제아무리 잘난 고시원 원장이라도 입실자들의 마음을 하나하나 세심하게 살피는 일은 불가능하기 때문이다. 부쩍 불안에 떨고 있는 그녀의 마음을 단단히 붙들어 매어줄 수 있는 사람은 오직 그녀의 부군인 할아버지뿐일 것이다.

어느덧 계약한 3개월이 흘러 그녀는 우리에게 하나의 약속과 하나의 당부, 하나의 선물을 두고 홀연히 떠났다. 한국에 또 오게 되면 반드시 우리 고시원을 찾겠다는 약속, 미국에 여행 오면 본인 집을 숙소로 제공할 테니 반드시 연락하라는 당부, 그리고 일본 여행에서 사 온 진한 카카오 초콜릿이 그것이다.

"엄마! 뭐 먹고 있어?"

여섯 살 난 아들이 물었다.

"이거? 어떤 할머니가 고맙다고 선물해줬어. 맛있네. 하나 먹어볼래?"

"그 할머니가 누군데?"

"있어. 미국에 사는 부자 할머니 친구."

걱정으로 시작됐던 그녀와의 3개월 동거는 이렇게 아쉬움으로 끝났다. 송사에 이겼는지 졌는지는 끝내 모르겠다. 미국 사람처럼 사생활에 대한 얘기는 입 밖으로 잘 꺼내지 않았으니까. 다만 미국 사람이든 한국 사람이든, 또 베트남 사람이

든 중국 사람이든 나이를 막론하고 고시원이라는 2평 남짓한 공간은 누구에게나 평등하다는 생각이 들었다. 혼자 있는 시간을 견뎌야 한다는 것. 그 와중에도 삶의 무게를 나눌 수 있는 누군가를 찾아 마음의 안정을 찾는다는 것. 수많은 고시생이 오늘도 홀로 방에 앉아 치열하게 공부하고 있지만 사실 그 뒤에는 언제나 노심초사 응원하는 가족들이 있다. 멀리 베트남에서 온 청년은 같이 일하는 여자친구와 몰래 연애를 하며 향수병을 달래고, 쿨한 듯 보이는 미국 할머니는 바다 건너온 할아버지를 만나 불안을 극복했다.

그렇다면 내 불안을 달래주는 존재는 과연 누구일까? 나는 누구의 불안을 달래줄 수 있을까? 오늘 저녁에는 아이들을 끌어안고 시골에 혼자 있는 엄마에게 영상 통화를 걸어야겠다. 그리고 말해야겠다. 오늘같이 좋은 날 함께 삼겹살에 소주 한잔하고 싶다고.

제5장

2평짜리 고시원도
기꺼이
집이 될 수 있다면

고시원 원장은
삼복을 타고 태어난다

    고시원을 운영하는 데 있어 가장 중요한 게 무엇일까? 바로 팔리는 입지다. 임장 기간 동안 서울 시내에 있는 웬만한 고시원을 모두 둘러보았는데 처음에는 좋은 입지를 알아보기가 너무 어려웠다. 한참을 돌아다닌 뒤에야 역세권과 주변 상권, 대형 학원이나 직장인이 이용할 수 있는 커뮤니티 시설 여부 등이 보이기 시작했다.

    두 번째로 중요한 건 고객층이다. 내가 상대하고 싶은 주요 고객층이 어느 정도 여유가 있고 꼬박꼬박 입실료도 밀리지 않는 젠틀한 사람이길 원한다면, 그럴만한 수준의 고객이 있는 고시원을 선택해야 한다. 나 역시 젠틀한 고객을 맞아야겠다고 다짐하게 된 충격적인 장면이 있었다. 어느 고시원 주방에서 걸걸한 아저씨들이 대낮부터 삼겹살에 소주를 들이붓고 있는 모습을 목격했던 것이다. 근처 인력시장에서 일용직으로 생계를 유지하고 계신 분들이었는데, 수입이 일정치 않은 데다 부상도 잦아 일이 끊기는 경우가 많다고 했다. 그분들은 일거리가 없는 날엔 대부분의 끼니를 고시원에서 해결하며 자연스레 반주를 즐기는 모습이었다. 비좁은 고시원 공용 주방에 둘러앉아 거친 언행을 쏟아내며 부어라 마셔라 하는 모습은 한편으론 이해되면서도 한편으론 이해하기 힘들었다. 원래 마시는 자들은 즐거워도 이를 지켜보는 자들은 괴로운 게 술 아니던가. 애초에 고시원이 결코 만만한 업종은 아니라는 건 알고 있었지만, 괴로운 상황은 최대한 피하고 싶었다.

마지막으로 중요한 건 고객들의 첫인상을 결정하는 위생 상태, 즉 청결함이다. 고시원이 얼마나 잘 관리되고 있는지는 여기서 판가름 난다고 할 수 있다. 사실 수십 명이 사는 다중시설인 고시원을 깨끗하게 관리하기란 여간 어려운 일이 아니다. 대부분의 고시원 원장은 매일같이 출근하지도 않을뿐더러 매장을 직접 관리하지 않는 경우가 많기 때문이다. 실제로 임장 중 빛이 나도록 깨끗하게 관리되고 있다는 느낌을 받은 고시원은 오직 한 군데뿐이었다. 60대 여성 원장님 두 분이 매일 같이 출근하여 쓸고 닦으며 애지중지하는 업장이었는데, 입지도 좋고 컨디션도 좋아 최종 계약 후보에 올렸으나 결국 두 원장님의 변심으로 우리와는 연이 닿지 않았다.

그렇게 삼박자가 맞는 고시원을 찾아 헤매던 우리에게도 딱 마음에 드는 고시원이 나타났다. 그리고 그곳에는 그녀가 있었다. 운명의 고시원을 만났던 바로 그날, 청소 이모님은 이른 아침부터 자신의 키만 한 대걸레와 락스를 들고 고시원 이곳저곳을 분주히 오갔다. 전 원장은 청소 이모님께 살갑게 웃으며 인사를 건넸다.

"이모님 안녕하세요, 오랜만이에요. 요즘 별일 없으시죠?"

전 원장의 친근한 태도와 달리 그녀는 볼멘소리를 하며 쏘아붙였다.

"별일 없긴요. 원장님 진짜 오랜만이시네? 자주 좀 나오세요. 할 일이 얼마나 많은데…… 혼자 하려면 시간도 오래 걸리고 힘들다니까요. 어휴."

"하하…… 요즘 다른 일이 좀 바빠서 그만……. 죄송합니다. 그 대신 오늘은 제가 분리수거하고 갈게요."

전 원장은 멋쩍은 표정을 지으며 뒤통수를 긁었다. 이모님은 고시원 원장이 자주 나와서 일을 좀 도왔으면 하는 눈치였다. 그러나 젊은 남자 원장은 한 달에 한 번 정도 간신히 얼굴을 내비치며 남의 집 불 보듯 할 뿐이었다. 그러니 고시원 청결 상태가 적당히 더럽고 적당히 깨끗할 수밖에. 딱 필요한 만큼만 사람 손을 탄 느낌이랄까. 이곳의 원장이 될지도 모를 나로서는 그 모호한 상태가 썩 맘에 들진 않았지만, 알고 보니 이렇게나마 현상 유지가 가능한 것도 다 청소 이모님의 실력이 출중한 덕분이었다. 고시원 원장을 대신해 쓰레기 더미를 치우고 공용 공간은 물론 곰팡이 범벅이 된 썩은 방까지 말끔히 해결해주는 일등 공신이 따로 있었던 것이다. 나는 어쩌면 이 고시원과 인연을 맺게 될지도 모르겠다고 생각했다.

작은 체구에 고운 얼굴을 가진 청소 이모님은 사실 외모로만 본다면 고시원 청소일과는 전혀 어울리는 구석이 없다. 어디까지나 개인적인 생각이지만, 소싯적엔 숱한 남자들의 눈물을 흘리게 했을 정도의 미모다. 팔자가 좋았다면 부잣집 남자를 만나 손에 물 한 방울 묻히지 않고 살았을 것 같은 분이다. 그래서 솔직히 말하자면 나는 이모님을 볼 때마다 어딘가 모르게 마음이 불편하고 애잔하다. 앞서 말했듯 고시원 청소일이라는 게 그리 쉬운 일이 아니기 때문이다.

고시원은 대부분 수개월에서 수년간 장기 숙박을 하므로 방 상태가 엉망일 때가 많다. 마지막까지 인간으로서 최소한의 예의를 지키며 깨끗하게 정리하고 나가면 좋을 텐데, 애석하게도 그렇지 않은 경우가 다반사다. 우리도 코를 막고 혀를 내두른 적이 한두 번이 아니다. 그런 지저분한 방 청소를 예순에 가까운 이모님에게 맡기는 마음이 마냥 편치만은 않은 것이다. 하지만 어쩌겠는가. 누군가는 해야만 하는 일이거늘. 그리고 이모님은 가냘픈 외모와 달리 누구보다도 불평불만 없이 제 몫을 거뜬히 해내고 있다.

엄마들 사이에는 우스갯소리로 여자가 삼복(三福)을 가지고 태어난다는 말이 있다. 시어머니 복, 남편 복, 이모님 복이 바로 그것이다. 마찬가지로 고시원 원장에게도 삼복이 있다. 바로 건물주 복, 입실자 복, 청소 이모님 복이다. 청소 이모님이 하루만 자리를 비워도 고시원은 그야말로 아수라장이 된다. 그렇게 되지 않으려면 이모님이 없는 날엔 원장이 반드시 출근해서 청소해야만 하니, 이모님의 부재는 곧 원장의 수고로움과 노동으로 이어진다. 이런 사실을 깨닫고 난 뒤부터 우리는 이모님을 극진히 모시기로 했다.

이모님의 청소 실력이 가장 빛나는 곳은 다름 아닌 방 청소다. 이모님의 손길이 닿은 공간은 언제 누가 살았냐는 듯이 번들번들 광이 났다. 특히 화장실 청소는 일반인들은 엄두도 못 낼 정도로 높은 난도를 자랑하는데 이모님은 그곳마저도 호텔급 욕실로 만드는 능력이 있었다. 구석구석 약품을 뿌리고 각종 도구를 이용해 쓱쓱 문지르면 물때는 물론 찌든 때도 모조리 씻겨나가는 것이다.

하지만 이모님을 떠올리면 자연스레 따라오는 락스 냄새는 조금 서글프다. 찌든 때를 벗기기 위해 몸에 좋지 않은 약품을 얼마나 많이 쓰셨을까. 남들은 조금만 냄새를 맡아도 머리가 아프고 속이 울렁거린다며 손사래를 치는데, 이모님은 환기도 잘 안 되는 좁은 곳에서 마스크 하나만 걸친 채 그 냄새를 견뎌내는 것이다. 긴 세월을 그렇게 보냈을 그녀의 삶을 생각하면 미안하고 또 고맙다.

고시원을 인수하고 몇 달 뒤, 하청 업체 소속이었던 이모님의 계약이 만료되었다. 우리는 망설임 없이 고용인과 피고용인으로서 일대일 직접 고용 계약서를 쓰기로 결정했다. 뜻밖에도 새로운 계약 관계를 먼저 제안한 쪽은 우리가 아니라 이모님이었다. 우리는 이모님이 충분히 그럴만한 자격이 있는 존재라고 생각했기에 흔쾌히 그 제안을 받아들였다.

세상만사 모든 일이 겉보기엔 알아서 돌아가는 것 같지만, 사실 그렇지 않은 경우가 많다. 고시원도 마찬가지이다. 언뜻

보기엔 고시원 원장이 시스템을 잘 갖추어 놓은 덕분에 알아서 돌아가는 것처럼 보이지만 그 뒤에는 언제나 숨겨진 일등 공신이 있다. 보이지 않는 곳에서 늘 최선을 다해 주시는 이모님이 안 계시다면, 나는 본업과 부업 그리고 아이들까지 돌보면서 오늘날까지 버티지 못했을 것이다.

최대한 적은 비용으로 최소한의 책임만 지면서 쉽게 돈을 벌려고 하는 철없는 고시원 원장. 이모님을 처음 만났을 때 우리는 분명 그런 모습이었다. 하지만 우리는 이제 조금 더 책임감 있는 어른이 되었다. 각자의 위치에서 역할을 다하는 것으로 서로를 배려하고, 보이지 않는 곳에서 진심으로 애쓰는 사람들을 살뜰히 챙기는 방법을 배운 것이다. 별것 아니지만, 이제는 원장으로서 직접 명절 보너스를 챙겨드리기도 하고 근로자의 날이나 휴가철엔 소소한 선물을 나누기도 한다. 그렇게 우리는 조금씩 마음을 나누며, 점점 서로에게 필요를 넘어 다정다감한 존재가 되어가고 있다.

집에는 기분 좋은
추억이 담긴다

고시원을 운영하면서 내가 평생 만나야 할 모든 종류의 사람을 압축적으로 만난 듯하다. 우리 고시원의 방이 40여 개이고 3, 4개월에 한 번씩 입실자가 바뀐다고 가정하면 1년 동안 오가며 만난 사람이 100명은 족히 넘을 것이다. 2년이면 200명이고, 3년이면 300명이다. 이처럼 다양한 사람들을 접하다 보니 고시원 사람들을 내 나름의 기준으로 유형화하기에 이르렀다.

첫 번째 유형은 숨죽인 개구리형이다.
이들은 더 나은 거주 환경으로 옮기기 위해 봄을 기다리는 개구리처럼 잠시 몸을 움츠리며 고시원으로 들어온다. 이들에겐 더 나은 거주지로의 이동이라는 확실한 동기부여가 있기에 대부분 착실하고 규칙적인 생활 패턴을 가진다. 배달 음식이나 외식보다는 공용 주방에서 알뜰살뜰 집밥을 해 먹고, 쓸데없는 물건의 소비를 지양한다. 짧게는 1년, 길게는 2~3년이 걸리기도 하지만 결국 더 좋은 곳으로 이사를 간다. 오피스텔을 얻어서 가는 경우, 옥탑방을 구해서 가는 경우, 청년 주택에 당첨되는 경우, 빌라 월세로 가는 경우 등 다음 거주지도 다양하다.

두 번째 유형은 여기저기 옮겨 다니는 철새형이다.

이들은 고시원 이곳저곳으로 이사 다니는 걸 당연하게 생각한다. 이렇게 옮겨 다니는 데에는 몇 가지 이유가 있다. 우선 현재 살고 있는 고시원에 불만이 있다. 시설이나 관리 측면에서 어딘가 맘에 들지 않아 더 좋은 곳을 찾는 것이다. 특별한 불만은 없지만 그냥 지겨워서 새로운 곳을 찾는 경우도 있다. 어차피 보증금도 거의 없고, 계약 기간도 비교적 자유롭게 조정 가능해서 이동이 자유롭기 때문이다. 한번은 근처 다른 고시원에 사는 한 여학생이 우리 고시원 방을 보러 온 적이 있다. 옮기려는 이유를 물어보니 "한 곳에 너무 오래 살다 보니 지겨워서요"라는 싱거운 대답이 돌아왔다.

세 번째 유형은 엉덩이 무거운 육지 달팽이형이다.

육지 달팽이는 겨울잠을 오래 자기로 유명한데, 최장 3년
까지도 잔다고 한다. 고시원에 한번 터를 잡으면 어지간해서
는 자리를 옮기지 않고 겨울잠을 자는 육지 달팽이 같은 사
람들이 꽤 많다. 그들은 극가성비를 추구하는 성향이 강하며
고시원을 내 집처럼 여긴다. 그만큼 편안하게 생활한다. 젊은
사람보다는 나이 드신 분들이 많은데, 그분들의 인생 굴곡
이야기를 듣자면 끝이 없다.

어느 날은 낯선 중년 남성이 고시원에 불쑥 나타났다. 누
군가를 열심히 찾고 있었는데, 알고 보니 전전임 원장님을
뵈러 온 것이었다. 내가 세 번째 원장이라 전전임 원장님은
알지 못한다고 하니 "머리가 희끗하신 아버지 같은 분이셨는
데 이젠 안 계신가 보네요" 하면서 크게 아쉬워했다. 예전에
여기서 오랫동안 지냈는데 보고 싶은 마음에 일부러 들렀다
는 것이다. 못내 아쉬운 표정으로 발걸음 돌리는 그분을 보
며 몹시 궁금했다. 고시원에 살 정도였으면 분명 경제적으로
여의치 않았을 텐데, 수년이 흘렀음에도 다시 찾아올 만큼

따뜻했던 기억은 과연 무엇이었을까?

10년째 살고 계신 슈퍼맨 할아버지도 비슷한 이야기를 한 적이 있다. 정부에서 주거취약계층으로 분류된 그 어르신은 보금자리주택 사업에 꾸준히 지원하고 있었는데, 어느 날 당첨 여부가 담긴 우편물이 하나 날아왔다. 어쩌면 좋은 소식이 들어 있을지도 몰랐다. 우리는 조심스레 우편물을 건네며 당첨 여부를 여쭤보았다. 그런데 어르신은 봉투를 뜯기도 전에 뜻밖의 이야기를 꺼냈다.

"왜? 원장님은 내가 얼른 당첨돼서 나갔으면 좋겠어요?"

"당연하죠. 당첨되시면 좋죠. 그렇지만 떠난다고 생각하니 솔직히 좀 아쉽네요."

"하하, 걱정 마~~. 난 여기가 더 좋아. 당첨돼도 이사 안 가고 계속 여기서 살 걸세~~!"

고시원이 훨씬 좋다는 말에 할 말을 잃은 나는 그저 같이 웃고 말았다. 내 상식으로는 도저히 이해할 수 없는 일이었다. 집이란 응당 넓을수록 좋은 게 아닌가. 시쳇말로 거거익선 아니던가. 거기다 돈까지 벌어다 주면 더 좋고 말이다.

결혼 전, 원룸 월세를 전전하다 전세금 대출을 받아 작은 거실 겸 주방이 딸린 다세대 투룸으로 이사를 갔던 때가 떠올랐다. 상경한 지 딱 7년 만이었다. 아파트도 아니고 으리으리한 집도 아니었지만 방이 하나 더 있다는 사실만으로도 감격스러워 눈물을 흘렸다. 그 뒤로도 나는 잦은 이사를 다녔고, 몇 년 뒤 남편과 결혼을 하며 신혼집으로 18평짜리 아파트 전세를 구해 정착했다. 난생처음 살아보는 아파트였다. 평수도 좁고 내 집도 아니었지만, 그래도 방 두 개와 아담한 거실이 있는 신혼집은 봄날처럼 따스했고 더할 나위 없이 달콤했다. 그 뒤 몇 년의 세월이 흘러 첫아이를 임신하며 생애 최초로 내 집 장만에 성공했다.

첫 집은 40인치 텔레비전도 60인치처럼 느껴지는 좁은 거실을 가진 낡은 복도형 아파트였다. 우리는 그 집에서 큰애를 낳으며 비로소 진정한 가족을 꾸렸다. 아이가 울면 아기띠를 메고 몇 발자국 안 되는 거실을 빙글빙글 돌았고, 그래도 울음을 그치지 않으면 궁여지책으로 아파트 복도를 트랙 삼아 빠른 걸음으로 왕복했다. 그 집에서 아이는 첫걸음마를 떼고 엄마를 옹알이했다. 백일이 되던 날엔 이웃집 아주머니와 할머니로부터 새빨간 겨울 내복과 정겨운 손편지도 선물받았다. 그래서인지 그 집을 나올 때 참 많이 아팠다. 몇 날 며칠 코끝이 찡할 정도로 슬펐다. 지금도 여전히 그 아파트 앞을 지나갈 때면 아이에게 "여기가 네가 태어나고, 첫발을 뗀 곳이야" 하며 옛이야기를 들려준다. 내가 그 집에 유독 애

착을 가지는 진짜 이유는 물론 그 집이 우리의 첫 집이기 때문이기도 하지만, 무엇보다도 그곳에 행복했던 기억이 남아 있기 때문이다.

어느 날 직장동료들과 차를 마시다 각자 집이 어떤 의미인지에 대해 이야기를 나눈 적이 있다. 그중에서도 이제 막 첫 딸아이를 출산하고 아빠가 된 동료의 대답이 매우 인상 깊었다.

"집은 우리 쑥쑥이의 우주예요. 그 아이에겐 집이 전부일 테니까요."

이제 막 태어나 바깥을 본 딸아이에게 집은 유일한 세상일 것이라는 의미였다. 그렇다. 집은 다른 게 아니다. 쑥쑥이에게는 우주와 같은 공간, 그리고 누군가에게는 다시 찾고 싶은 소중한 기억이 담긴 공간이 집인 것이다. 그래서 2평짜리 공간에 변기 하나 간신히 들어가는 개인 샤워실, 2구 인덕션을 40여 명이 사용하는 공용 주방이 있는, 이곳 고시원도 집이라면 집이다. 두고두고 생각이 나는, 그래서 자꾸만 꺼내보고 싶은 기분 좋은 추억을 심을 수 있다면 말이다.

열등감으로서의 집,
디딤돌로서의 집

집에 대한 이야기를 하다 보니 사회 초년생 시절 직장에 다닐 때의 일이 떠오른다. 직책 높은 상사 집들이에 초대를 받았다. 우리를 태운 차가 집 입구에 들어서자 거대한 철문이 자동으로 스르륵 열렸다. 조금 더 들어가 차에서 내리자 미국 영화에서만 보던 드넓은 잔디와 조경이 펼쳐졌다. 은은한 조명과 고상한 클래식 음악, 곳곳에 이름 모를 조각상들이 아름답게 전시되어 있었다. 100평이 넘는 주택이었는데 태어나서 그렇게 넓은 집은 처음 봤다. 집들이가 아니라 마치 누군가의 고가 애장품들을 잔뜩 모아 놓은 갤러리에 초대받은 것 같았다. 완전히 다른 세상에 와 있는 기분이었다.

"이쪽은 우리 애들 방이야. 따라오시게."

우리를 초대한 그날의 호스트는 웅장한 거실을 지나 2층으로 손님들을 이끌었다. 아들이 머무는 방이 유독 인상 깊었다. 침대에 누우면 언제라도 머리 위로 쏟아지는 밤하늘의 별들을 눈동자에 담을 수 있도록 천장에 시원한 통창을 뚫어 놓았던 것이다. 아, 이 집 자식으로 태어나야 했는데. 이런 집에서 살면 어떤 기분일까. 잠깐 눈을 감고 이 침대에 누워 있는 나의 모습을 상상해봤다. 입가에 절로 미소가 지어졌다.

곧이어 평소에는 쉽게 먹을 수 없는, 산해진미 가득한 특별한 저녁 식사가 가든에 차려졌다. 나는 두 눈이 휘둥그레졌다. 금수저가 아닌 시골 흙수저로 태어났다는 사실을 슬퍼할 겨를도 없이, 마치 그 집 수양딸이라도 된 양 분위기에 한껏 취해 비싼 음식과 와인, 그리고 위스키를 즐겼다.

시간이 얼마나 흘렀을까? 취기가 오른 나는 화장실 변기에 몸을 기댄 채 사람들 눈을 피해 휴식을 취하고 있었다. 찬물로 세수를 하자 그제야 조금 정신이 드는 것 같았다. 그때였다. 우디향이 은은하게 퍼지는 화장실 한편에 잘 꾸며 놓은 작은 정원이 보였다. 반짝거리는 자갈밭 위로 우아하게 잎을 뻗은 식물들이 으스대고 있었다. 작은 정원까지 딸린 화장실 크기가 내가 살던 신림동 원룸보다 1.5배는 넓었다.

이 시간이 끝나면 나는 곧 6평짜리 원룸으로 되돌아가겠지. 자정이 되면 마법이 풀리는 신데렐라처럼 말이다. 꽤 지난 일이라 정확히 기억나진 않지만, 그 순간 나는 일종의 모멸감 비슷한 것을 느꼈다. 남의 집 화장실보다 못한 곳에 사는 열등한 존재라는 생각이 들었기 때문이다. 과장을 조금 보태자면, 부잣집 지하실에 몰래 숨어 살던 영화 〈기생충〉 속 주인공들처럼 남의 집 화장실에 세 들어 사는 편이 낫겠다고 생각할 정도였다.

부정적인 감정은 거기서 끝이 아니었다. 부잣집 자식으로 태어나 호화로운 삶을 누리고 있는 자녀들에 대한 질투심도 들었다. 매일 같이 초과 근무를 하며 힘들게 직장생활을 이어가던 나로서는 억울한 마음이 컸다. 이렇게 앞으로 10년, 20년을 열심히 일한다고 한들 저들의 발끝에라도 갈 수 있을까. 깊은 좌절감에 선뜻 고개를 들 수 없었다.

그때부터였던 것 같다. 집에 대한 욕망이 걷잡을 수 없이 커진 건. 내 주제에 으리으리한 고급 주택은 꿈도 못 꾸겠지만, 먹고 자는 공간 외에 푹신한 소파와 간이 테이블이 있는, 책 한 권 읽을 수 있는 아늑한 공간. 더도 말고 덜도 말고 딱 그만큼의 호사를 허락해주는 나만의 보금자리를 갖고 싶었다.

하지만 모두 알다시피 대한민국에서 내 집 장만은 결코 쉬운 일이 아니다. 그 뒤로도 나는 이 동네 저 동네 이사를 다니며 내 집 마련을 위해 고군분투했다. 너무 힘들어서 이 정도면 됐다 싶을 땐 집들이에서 보았던 화장실을 떠올렸다. 그 집 화장실보다는 더 나은 집에 살아야지, 하는 다소 비참한 다짐을 하면서 말이다. 그렇게 이를 악물고 모은 돈으로 높은 보증금의 월세를 얻고, 전세를 얻고, 마침내 간신히 서울에 내 몸 하나 누일 수 있는 집 한 채를 얻었다. 그리고 뒤를 돌아봤을 때, 내 젊은 시절은 이미 멀리 달아나 있었다.

고시원을 운영하면서 생각이 많이 바뀌긴 했지만, 그전까지만 해도 나에게 있어 집이란 욕망의 상징이자 비교 우위를 가르게 하는 열등감의 원천이었다. 단 한 가지 긍정적인 부분은 그러한 결핍 덕분에 보금자리의 소중함을 일찍이 깨닫고 내 집 마련에 성공할 수 있었다는 것 정도다.

집이란 무엇일까? 아니, 고시원장에게 집이란 무엇일까?

집은 본질적으로 나 자신을 외부의 위험으로부터 지켜주고 편안히 쉴 수 있는 안식처로서의 공간이다. 하지만 자본주의 사회에서의 집은 훨씬 더 많은 의미를 내포하고 있다. 부의 척도가 되고, 능력의 우월함을 드러낼 수 있는 수단이 되고, 더 나은 미래를 보장받을 수 있는 자격이 된다. 부정하고 싶지만 부정할 수 없는 현실이다.

예를 들어 강남 반포동이나 압구정에 산다고 하면 누구나 우와! 하고 부러운 시선으로 바라보게 마련이다. 미디어에서 강남 3구니 마용성이니 노도강이니 하며 사는 동네를 1급지, 2급지, 3급지로 나누는 일도 너무 자연스럽다. 마치 1급지에 사는 사람은 1급 시민, 2급지에 사는 사람은 2급 시민이 되는 것처럼 취급하면서 말이다. 바야흐로 부동산 계급주의의 시대다.

고시원에 산다고 하면 어떨까? 과연 내가 사는 집이 계급이 되는 사회 분위기 속에서 "고시원 삽니다" 하고 당당하게 말할 수 있는 사람이 몇이나 될까. 고시원에 산다는 솔직 당당한 얘기를 듣고도 있는 그대로 상대방을 바라봐주는 사람을 만날 확률은 얼마나 될까. 지금껏 나는 그 확률 안에 들어가는 사람이었을까.

고시원을 운영하면서 비싼 임대료에 떠밀려 어쩔 수 없이 고시원을 찾는 사람들을 많이 보았다. 다양한 사람이 있었지만 아무래도 그 가운데 유독 마음이 가는 사람들은 이제 막 사회생활을 시작한 지방 유학생들이나 직장 초년생들이었다. 2평 남짓 고시원은 일반적인 집에 비해 여러모로 부족한 공간일 수밖에 없다. 불편한 건 말할 것도 없고, 가족이나 친구를 데려와 잠시 차를 대접할 수 있는 공간도 없다. 심지어 마음껏 웃고 떠들며 통화도 못 한다. 고시원 문을 열고 들어오는 순간 세상과 단절되는 것이다. 한창 끓어오르는 젊음이 단절되어버리는 것이다.

그럼에도 누군가에게는 고시원 방 한 칸이 간절히 바라는 집일 수 있다. 얼마 전, 노숙자 신세에서 벗어나 고시원살이를 시작하게 되었다며 세상을 다 가진 듯 기뻐하던 한 청년의 모습이 떠오른다. 나 역시 기쁜 마음으로 그를 축하해주었다. 그러나 고시원을 거쳐 간 사람들이 대부분 그러하듯 그도 언젠간 더 넓은 자신만의 온전한 집을 찾아 떠날 것이 분명하다. 그때 그는 고시원을 어떤 모습으로 기억할까? 아마도 너무 좁아서 살기에 불편했던 공간으로 기억하지 않을까.

그렇다. 모든 공간과 기억은 상대적인 것이다. 노숙자에게는 고시원이, 고시원 입실자에게는 오피스텔 월세 거주자가, 월세 거주자에게는 전세 거주자가, 전세 거주자에게는 외곽에라도 내 집을 가진 사람이, 외곽에 사는 사람에겐 서울 한가운데 집을 가진 사람이 늘 부러울 수밖에 없다. 그 욕망 자체를 폄하하고 싶지는 않다. 나 역시 그 욕망을 가지고 지금까지 오기 위해 최선을 다했으니까. 중요한 건 지금 내가 머무는 공간을 디딤돌 삼아 더 나아갈 수 있느냐의 문제다.

그러니 오늘의 내 집이 남의 집 화장실만 못하다고 너무 슬퍼하지 않았으면 한다. 추위를 모르는 자는 온기의 진정한 가치를 알 수 없고, 마찬가지로 갈증을 느껴본 적이 없는 자는 물의 진짜 소중함을 헤아릴 수 없다. 조금은 불편하고 부족한 이곳에서 각자가 원하는 집의 모습과 삶을 그리며 한 발 한 발 내디디면 된다. 그렇게 생각하면 2평짜리 작은 고시원 방도 비로소 집처럼 편안하게 느껴지지 않을까?

타인은
지옥이 아니다

고시원을 운영하면서 한 가지 정말 안타까웠던 점은 사람들이 고시원에 대해, 그리고 고시원에 사는 사람들에 대해 많은 편견과 오해를 갖고 있다는 것이다. 나 역시 고시원을 직접 운영하기 전에는 그런 생각을 하고 있었으니, 뭐라 할 말은 없다. 다만 이제는 고시원을 직접 운영해본 사람으로서 말할 수 있다.

고시원은 절대 타인의 지옥이 아니다.

지금부터 현직 고시원 원장으로서 이 끔찍한 문장에 대해 조목조목 반박해볼까 한다.

첫째, 오늘의 고시원 환경은 과거와 180도 다르다. 고시원이 지옥과 다름없다고 단정 짓는 사람들은 고시원의 열악한 환경을 가장 큰 문제로 꼽는다. 그들은 대개 자신들이 고시원에 살았던 경험을 근거로 드는데, 그들의 말에 따르면 고시원은 낡고 더럽고 칙칙한 데다 공용 화장실도 위생 상태가 불량해 도저히 사람 살 곳이 못 된다. 구두쇠인 데다 고지식한 할아버지 고시원장은 틈만 나면 소리를 지르고, 이웃한 사람들은 어딘가 정신이 이상하다. 그러나 이 모든 이야기는 몇십 년 전 이야기다. 그땐 고시원이 아닌 다른 주거 공간도 살기에 그리 편하지 않았다.

그렇다면 오늘날의 고시원은 어떤 모습일까? 일단 젊은 고시원 원장이 눈에 띄게 많아졌다. 코로나19와 함께 역대급 유동성의 시대를 지나며 갈 곳을 잃은 돈이 아파트 투자에서 고시원 사업까지 다양한 경로로 흘러들어왔기 때문이다. 젊은 원장이 많아지면서 고시원도 MZ 세대를 겨냥한 트렌디한 감각을 수용하기 시작했다. 어두침침했던 방은 도배와 조명 인테리어를 통해 밝고 모던하게 바뀌었고, 사생활을 중요시하는 사람들의 목소리를 반영해 화장실과 샤워실도 좁게나마 방 안으로 들였다. 고시원 내부에 스터디 카페나 휴게실을 만들어둔 곳도 있으며, 안마기나 운동 시설을 제공하는 프리

미엄 고시원도 생기고 있다. 물론 그런 고시원은 가격대가 높지만, 고시원이 더 이상 살 수 없는 곳이라는 편견을 깨기엔 충분하다. 물론 여전히 환경이 열악한 사각지대에 있는 고시원도 존재한다. 그러나 그게 고시원의 전부는 아니다.

둘째, 고시원은 삶을 포기하기 직전의 가난한 사람들이 모여드는 곳이 아니다. 사람들은 미디어가 짜깁기한 자극적인 모습만 보고 고시원 사람들의 삶을 함부로 평가하는 경향이 있다. 그러나 나는 이곳에서 꿈을 이루기 위해 누구보다도 성실하게 오늘을 사는 사람들을 많이 만났다. 밤낮으로 눈만 뜨면 공부하는 고시생들, 번듯한 보금자리를 마련하기 위해 악착같이 아르바이트하며 생계를 꾸려가는 청년들, 식당에서 열심히 번 돈으로 고국에 있는 가족들을 뒷바라지하는 외국인 노동자들이 바로 그 주인공이다.

인간은 누구나 살면서 한 번쯤 어려운 일을 겪는다. 그 어려움은 지금껏 살아온 인생 전체를 통째로 집어삼킬 만큼 거대한 것일 수도 있고, 소리도 내지 못할 정도로 큰 고통을 주는 예리한 것일 수도 있다. 고시원 입실자들은 그 기로에 선 사람들이다. 절벽 끝으로 몰렸지만 어떻게든 살아보고자, 다시 일어서고자 준비하는 사람들이다. 아슬아슬하지만 오늘 하루를 어떻게든 버티고 내일로 나아가고자 노력하는 사람들이다.

물론 나 역시 그들을 보고 있자면 때때로 마음이 불편하다. 불안하기 때문이다. 잘 지내던 사람이 몇 날 며칠 술에 취해 비틀거리면 건강이 상할까 신경이 쓰이고, 꼬박꼬박 입실료를 잘 내던 사람이 연체하기 시작하면 밥은 먹고 다니나 걱정이 된다. 분명 어렵게 버티고 있는 걸 아는데 이렇게 흔들리는 모습을 보면 걱정이 앞설 수밖에 없다. 그러나 그런 불편함이 오해가 되어선 안 된다. 그들을 불한당, 연체자의 시선으로 바라보면 그들은 정말 그런 사람이 된다. 하지만 잠시 기다려도 괜찮은 사람, 다시 일어날 사람으로 바라보면 역시 그들은 정말 그렇게 된다.

다행인 점은 사람은 대부분 본능적으로 어둠보다는 빛을 좇는다는 것이다. 가난한 현실보다는 과거의 따스하고 행복했던 추억을 떠올리며, 아무도 없는 쓸쓸한 고시원 방보다는 사랑하는 사람과 함께했던 공간의 온기를 떠올리며 매일 잠이 들고 꿈을 꾼다. 그 꿈속에서 희망을 찾고 방향키를 움켜쥔다. 최소한 내가 만난 고시원 사람들은 그랬다. 그들에게 비관적, 극단적이라는 단어는 전혀 어울리지 않았다.

셋째, 고시원 입실자들은 서로 매우 섬세하게 배려하고 다정하게 대우한다. 2019년도에 〈타인은 지옥이다〉라는 드라마가 공중파에서 인기리에 방영되었다. 나 역시 그 드라마를 인상 깊게 보았다. 고시원이라는 생소한 공간에서 벌어지는 긴장감 넘치는 스토리에 넋을 잃고 몰입했다. 배우들의 분노조절 장애와 사이코패스 연기도 일품이었다. 결국 드라마가 끝을 향할 때쯤엔 이렇게 생각했다.

'고시원에는 정말 무서운 사람들이 사는구나.'

고시원을 인수할 때까지만 해도 이런 생각은 크게 다르지 않았다. 난 어차피 돈만 벌면 그만이었다. 제발 내가 운영하는 동안에만 큰 사건 사고 없기를 바랐다. 하지만 며칠 지나지 않아 나는 스스로의 무지함을 반성해야 했다.

고시원 사람들은 나름의 방식으로 서로를 배려하며 살고 있었다. 옆방 사람을 위해 큰 소리로 떠들지 않고, 방에서 오랫동안 통화를 하지 않았으며, 영상을 볼 때도 꼭 이어폰을 착용했다. 다른 사람을 위해 밥이 떨어지면 쌀을 안치고 설거지도 꼼꼼하게 했다. 복도에서 마주치면 조용히 고개 숙여 인사했고, 도움이 필요한 사람이 있으면 두 손을 걷어붙이고 나섰다. 방문을 여닫을 때조차 소리가 나지 않게 조심했다. 이렇게 사소한 부분에서조차 피해를 주지 않으려 노력하는 입실자들의 모습을 보면서 나는 생각했다.

'고시원은 타인의 지옥이 아니라 등불이다.'

다른 사람의 죽을 병보다 내 손톱 밑의 가시가 더 아프다는 말이 있다. 당장 위기에 처한 사람은 다른 이의 처지를 헤아릴 여유가 없다. 고시원 사람들은 대개 남에게 말하기 어려운 각각의 사정을 안고 있다. 하지만 그 와중에도 다른 사람에게 폐를 끼치지 않기 위해 자신을 낮추고 배려한다. 이를 '다정'이 아니면 무엇이라고 말할 수 있으랴.

아무리 미약한 불빛이라도, 등불은 그 존재 자체로 주변을 밝히고 지옥 같은 어둠 속에서도 길을 잃지 않도록 한 줄기 빛이 되어준다. 고시원 사람들은 냉혹한 현실 속에서도 각자의 방식으로 작은 희망과 위로를 나누며 살아가고 있다.

부디 이 책을 읽은 독자들은 앞으로 고시원을 '타인의 지옥'이라 부르지 않았으면 좋겠다. 고시원 방은 고작 2평 남짓 방이지만 누군가에겐 삶의 뿌리가 내린 공간이다. 그 안에서 사람들은 지친 몸을 뉘고 잃어버린 온기를 되찾는다. 그들은 평범한 사람이다. 단지 어떤 어려움에 의해 잠시 길을 잃었을 뿐이다. 그들은 잠시 숨을 고른 뒤 각자의 꿈과 희망을 좇아 나아갈 것이다.

나는 종종 고시원에서 한 발짝 물러나 조금 더 넓은 시선으로 세상을 바라본다. 그러면 세상은 조금 더 넓은 고시원이 된다. 가까운 사람끼리 날을 세우면 지옥이 될 수 있지만, 조금씩 관심을 가지고 배려하면 이웃이 되는 곳. 살면서 때때로 타인에게 깊은 상처를 받지만, 결국 타인을 통해 치유하고 살아갈 힘을 얻게 되는 곳. 고시원이 지옥이라면 세상도 지옥이다. 서로 배려하는 고시원 사람들처럼 우리도 서로에게 빛을 비추는 햇살이 되길 바란다.

경제적 자유를 위해
고시원을 운영하며 깨달은 것들

프롤로그에 적었던 것처럼, 갓난쟁이 둘째 아이를 안고 젖을 물리던 10월의 어느 날이었다. 네 살 아들의 어린이집에서 전화 한 통이 걸려왔다. 그 벨소리와 동시에 오소소 돋던 소름은 아직도 트라우마처럼 내 기억 속에 남아 있다. 그 뒤 우리는 시간과 공간의 자유, 선택의 자유, 경제적 자유를 찾아 고시원을 인수하고 운영했다. 벌써 몇 년 전의 일이다.

고시원에 사는 요리왕 청년은 군대에 갔다. 지금쯤 전역을 준비하고 있으려나. 새벽에 나가 공부를 하고 매일 밤늦게까지 아르바이트를 하던 여학생도 고시원을 떠났고, 베트남 청년들도 고시원을 떠나 고국으로 돌아갔다. 아! 대사관에서 일하는 줄 알았는데 편의점 알바생이던 중국인 남자는 아직도 고시원에서 잘 지내고 있다. 매번 미납금으로 우리를 힘들게 했던 기러기 아빠 윤 씨는 요즘 친구 집에 얹혀살고 있다며 소식을 전해왔다. 언젠간 다시 돌아오겠다던 미국 할머니는 정말로 다시 돌아왔다. 얼마 전 고시원을 찾아와 3개월을 계약했다. 또 송사에 휘말렸을 수도 있지만 다시 만나자는 말은 거짓이 아니었다. 슈퍼맨 할아버지는 다행히 어느 정도 건강이 회복되었다. 그는 변함없는 성실함과 능청스러움으로 우리 고시원을 지켜주고 있다. 여자친구의 사랑을 한 몸에 받았던 남자친구는 예상보다는 길어졌지만 원하는 직장으로 한 번 더 이직을 한 뒤 고시원을 떠났다.

주 3회 청소 이모님이 고시원을 깨끗하게 청소해주시고, 남편은 일주일에 두 번 정도 고시원에 방문해 이것저것 정기점검을 한다. 잊을 만하면 찾아오는 누수 문제나 결로, 곰팡이 등의 이벤트는 이제 익숙해졌고, 공실 공포증도 사라졌다. 한 푼이라도 더 벌고자 하는 악착 같은 마음은 여전하지만, 고시원 원장의 소명과 책임도 더불어 생각할 줄 알게 되었다. 아! 몽클레르를 걸치고 다니는 극가성비 청년은 결혼 소식을 전했다. 곧 신혼집으로 이사를 나간다고 한다.

나도 어느새 복직을 한 지 일 년이 지났고, 우리는 이 생활

패턴에 익숙해져 가고 있다. 퇴사를 꿈꾸는 엄마는 직장에 다니며 틈틈이 글을 쓰고, 시간이 많아진 자영업자 아빠는 아이들을 케어하며 또 다른 도전을 준비하고 있다. 우리 인생을 이처럼 스펙터클하게 만들어준 첫째 아이는 건강하게 잘 지내고 있으며, 첫돌이 될 때까지 엄마보다 아빠와 할머니의 손길을 더 많이 받았던 둘째도 씩씩하게 성장했다. 고시원 사람들의 삶도 고시원 원장의 삶도 이렇게 흘러가고 있다. 인생이 어떻게 달라질지 그 누구도 명확히 알지 못하였으나, 우리의 삶은 어떤 방식으로든 움직이고 있음을 느낀다. 흐르는 강물처럼 매 순간 변화하며 조금씩 앞으로 나아가고 있다.

우물 안 개구리는 작은 구멍으로 바깥세상을 바라보며 내가 보는 것만이 세상의 전부라고 믿는다. 그러면서도 한편으로는 우물 밖에는 어떤 세상이 펼쳐져 있을지 늘 궁금해한다. 우리 가족은 평온한 우물 속에서 예기치 못한 위기를 만나 울타리 밖으로 튕겨 나왔다. 그제서야 세상의 민낯을 마주하고 더 넓은 세상을 이해하게 되었다. 엄마 아빠에게 이렇게 큰 가르침과 새로운 인생을 주려고 우리 아이가 대신 아팠던 것은 아니었을까. 30대 젊은 고시원 원장이 우물 밖에서 다양한 고시원 사람들을 만나며 깨달은 삶의 지혜는 다음과 같다.

살면서 함부로 사람을 헤아리지 않기로 했다.

성실하고 정직한 직장인이라고만 여겼던 윤 씨가 10개월 가까이 연체를 하며 골머리를 썩이고, 꽃다운 청년은 외모와 달리 쓰레기방을 만들어두고 달아났다. 날라리라고만 생각했던 몽클레르 청년은 누구보다 자신의 방을 단정하게 유지하며 합리적인 선택을 하는 청년이었다. 편의점에 다니는 중국인에게는 괜한 오해를 했지만 이 모든 것은 나의 편견에서 비롯된 일이었다. 이러한 일들은 패기 넘치는 고시원 원장을 한없이 겸손하게 만들었다. 보이는 게 절대 다가 아니다. 사람을 선별하고 분류하기보다는 그 사람의 진가를 알아보는 혜안을 갖추기 위해 노력해야 한다.

선을 침해하지 않는 삶에 대해 생각해보게 되었다.

2평 남짓 공간이 개미굴처럼 다닥다닥 붙어 있는 고시원에서 여러 사람이 함께 어우러져 산다는 것은 보이지 않는 선을 지켜야 함을 의미한다. 물리적 거리가 멀면 특별한 노력을 기울이지 않아도 적당한 선이 유지되겠지만, 고시원에서는 그 이상의 각별한 노력이 필요하다. 타인을 위해 특별한 무언가를 하지 않는 것도 이 선을 지키는 방법이 될 수 있다. 우리는 가까울수록 더 많은 것을 해주려는 경향이 있다. 좋은 관계를 유지하기 위해 과한 선물을 주기도 한다. 하지만 때로는 아무것도 하지 않는 게 배려이고 존중이다. 상대방을 향한 최대한의 존중은 그의 삶을 침해하지 않는 것이다.

세상의 기회는 공평하지 않다. 다만 각자의 태도에 따라 기회를 만드는 일은 가능하다.

고시원은 출발점이자 결승점이다. 이 좁은 공간 안에서 누군가는 성공을 향해 나아가고 누군가는 삶을 포기한다. 고시원에 온 사람들은 모두 각자의 아픔과 사연을 가지고 있다. 나 역시 마찬가지로 나만의 사연을 가지고 고시원을 인수했다. 고시원 입실자들의 '왜 나만 2평짜리 고시원에 살아야 하는가?' 하는 질문은 고시원장의 '왜 우리 아이만 아파야 하는가?'라는 질문과 다를 바 없다. 누구나 힘들고 괴로운 게 인생이다. 다만 그 힘듦에 머물고 지치는 사람이 있는가 하면, 그 힘듦을 이겨내고 앞으로 나아가는 사람도 있다. 다행히 우리 고시원에는 앞으로 나아가는 사람이 많았다. 나 역시 그들을 보며 삶의 용기를 얻었다.

다감한 사람이 다정한 삶을 만든다고 믿게 되었다.

본래 나는 다소 냉소적이고 현실적인 사람이다. 그런 내
가 고시원을 운영하면서 다감한 사람이 되고 싶다고 욕심을
부리게 되었다. 아마 입실자들과 더 많이 공감하고 소통하고
싶었나 보다. 그리고 지금은 다행히 나 스스로 전보다 다감
한 사람이 되었다고 자부한다. 평생 이해하지 못할 것 같았
던 타인의 삶이 조금씩 이해되기 시작한 것이다. 결과가 아
닌 과정도 생각해보는 여유를 가지게 되었고, 누군가에게 감
사 인사를 받는 즐거움도 느끼게 되었다. 덕분에 슈퍼맨 할
아버지에겐 사골 국물을 대접하고 미국 할머니에겐 친구가
되어줄 수 있었다. 그러니 다정한 삶을 살고 싶다면 먼저 다
감한 사람이 되기로 하자.

마지막으로 덕분에 그동안 잘 살았다며 감사 인사를 남기
고 고시원을 떠나는 입실자들에게 오히려 고맙다는 말을 전
하고 싶다. 그들 덕분에 돈 몇 푼으로는 값을 매길 수 없는 일
의 보람과 가치에 대해 다시 한번 생각해보게 되었다. 누군
가에게 도움이 되었다는 자부심도 가질 수 있었다.

이왕이면 우리를 거쳐 간 모든 이의 앞날이 술술 풀려서
다시는 고시원에 돌아오는 일이 없기를 바란다. 그저 먼 훗

날 이곳을 떠올릴 때, 입가에 작은 미소가 번질 수 있다면 그것으로 충분하다.

경제적 자유를 위해
고시원을 운영하며 깨달은 것들

따로 또 같이
고시원, 삽니다

초판 1쇄 발행 2024년 10월 17일
초판 2쇄 발행 2024년 12월 24일

지은이 진담
펴낸이 신의연
기획편집 이호빈
펴낸곳 마이디어북스
등록 2022년 4월 25일(제2022-000058호)
전화 070-8064-6056
팩스 031-8056-9406
전자우편 mydearbooks@naver.com
인스타그램 @mydear___b

ⓒ 진담 2024
ISBN 979-11-93289-29-7 (03810)